Virginie Bégaudeau

Conte

©2020, Virginie Bégaudeau

Édition : BoD – Books on Demand, 12/14 rond-point des Champs-Élysées, 75008 Paris.

Impression : BoD - Books on Demand, Norderstedt, Allemagne

ISBN : 978-2322259861

Dépôt légal : novembre 2020

A Camille et Hannah,

A ceux pour qui tout est possible à Noël,

I

Les immenses tentures bleues s'ouvrent avec un aplomb qui frôle l'enthousiasme. La lumière d'hiver inonde la chambre de l'aile ouest et Cora ne s'embarrasse pas du sommeil de la benjamine.

— Réveillez-vous, Mademoiselle Rebecca ! Réveillez-vous !

Il n'est pas question de la laisser traîner au lit, Madame l'attend depuis une heure au petit

salon. Son prénom est répété quelques fois encore avant que Cora ne rejoigne le couloir.

Le geste instinctif, la main de Rebecca Swann furète sur le chevet. Le napperon en crochet, le cadre d'argent où trône fièrement son portrait de communion, la lampe Tiffany éteinte et une broche. Mais il n'y a rien de plus, et encore moins ce qu'elle y avait posé la veille au soir. La jeune femme frémit. Elle remonte la lourde couverture de flanelle jusqu'à son menton, ferme les yeux, les ouvre de nouveau. Son cœur se serre et la brûlure de son estomac l'oblige à se redresser brusquement. Ses doigts caressent le tissu rêche qui recouvre son corps et les minuscules boutons de son col qui lui rappellent les chemises de nuit de ses héroïnes

de romans d'époque. Que porte-t-elle donc ? Où est-elle surtout ?

Puis la voix enthousiaste d'Andy Williams entonne « *It's a most wonderful time of the year* » sur un transistor à proximité.

Rebecca secoue sa tête encombrée d'une masse de cheveux bruns tombant sur ses épaules. En s'endormant, dix heures plus tôt, son carré était encore sa fierté du jour et elle craint de s'évanouir à mesure que son regard balaye les détails de cette chambre dont elle n'a aucun souvenir. Le vide. La panique. Rebecca observe les meubles à proximité, la coiffeuse en merisier, la commode en chêne et les magnifiques colonnes de son baldaquin. Jamais elle n'a dormi dans un tel luxe ! C'est un rêve. Pour sûr, une plaisanterie, et elle se

demande bien si l'alcool n'est pas responsable de son amnésie. Elle n'est pas plus capable de reconnaître les lieux que de se rappeler de sa vie. Les grandes lignes, à peine son identité. Ce n'est pas suffisant. Tout semble lui échapper et elle se raidit au milieu des édredons de plume. Un cauchemar dans un décor de rêve.

D'une main, Rebecca entrouvre le tiroir de sa table de nuit à la recherche de son téléphone. Elle l'a mis en charge avant de s'endormir, elle en est persuadée. Du moins, elle en est presque certaine. Enfin, elle imagine l'avoir fait. Ses réflexions s'amenuisent au fil de ses tentatives pour se rappeler quelque chose.

Sa respiration se fait pressante. Rebecca ignore si elle doit quitter le matelas chaud et ce qu'elle pourra bien faire une fois à terre. La

neige tombe sur le rebord de la fenêtre. La jeune femme se laisse bercer par les flocons immaculés, ce bonheur d'enfance auquel elle n'a pas goûté si longtemps. Et Andy ne cesse de chanter. Quel jour ? Quelle heure ? Elle n'en a pas la moindre idée et devine une agitation à l'étage inférieur, un rez-de-chaussée, certainement, ce qui ne la rassure pas du tout.

Cora revient surprendre Rebecca qui, jurant n'avoir jamais vu cette femme, est parfaitement capable de prononcer son nom. C'est incroyable ! Au moment où la jeune fille pose un pied sur le sol, elle chavire. Cora la rattrape, l'air sévère.

— Voyons, Mademoiselle Rebecca ! Vous sentez-vous d'humeur ? Vous avez pris le

rhume ou bien ? Madame se demande ce que vous faites encore là-haut. Et vous n'êtes pas habillée ! D'habitude, vous y mettez plus d'entrain aux préparatifs, pour sûr !

— Aux quoi ? souffle Rebecca, bousculée par la domestique.

— Aux préparatifs ! Vous avez perdu l'esprit, Mademoiselle ?

— Quel jour sommes-nous ?

— Le 1er décembre ! Venez par là, mon chou. Vous n'avez rien avalé hier soir, c'est pour ça que vous êtes chamboulée ce matin. J'ai fait repasser votre robe et votre jupon. Vos dessous sont dans le deuxième tiroir. Je vous aide, allez !

Engourdie, Rebecca s'approche de la petite commode, incapable de déterminer si oui ou non le corset est rangé avec la lingerie. Étrangement, elle n'a pas grand peine à le dénicher et ses gestes semblent plus adroits que les minutes précédentes. Ce n'est pas de l'instinct, mais elle est perplexe quant à apprivoiser un tel environnement. Cora a déjà récupéré une énorme pièce de tissu vert et incite Rebecca à enfiler ses porte-jarretelles rapidement. Elle fermera le bustier s'il le faut, mais tout le monde risque d'être en retard.

La jeune femme rêve. Elle touche le coton de ces bas qui ne lui sont pas réellement familiers, mais qu'elle a vu porter par des Pin-Up assumées. Elle hume les odeurs de bois brûlé et des tartes chaudes à la cannelle, capte

les sons qui retentissent entre les murs de cette maison et les cantiques de Noël interprétées par les chanteurs à la mode. Mais quelle mode ? Rebecca entend alors le rire de sa petite sœur. De tous les rires du monde, c'est celui qu'elle préfère. Hannah ! Elle sursaute du retour de Cora, qu'elle n'avait pas vue disparaître. La plantureuse domestique ne s'embarrasse pas de l'état fébrile de la jeune fille.

— Vous manquez de discernement, Rebecca Swann, mais les préparatifs, le premier jour de l'avent, tout de même... Vous êtes en retard sur le programme que Madame votre mère essaye de respecter.

Rebecca finit de nouer le ruban de sa robe avec dextérité comme lui a demandé Cora. Ses

doigts se délient, son trouble se dissipe peu à peu. Elle semble recouvrer quelques-unes de ses facultés, si ce n'est sa raison. La sensation est poignante. Un flottement infini. Elle promet à Cora de descendre sans pourtant savoir où aller.

Le couloir est tapissé de papier peint rayé, de peintures le long du mur, le tout assorti d'un parquet lustré. Rebecca cherche de nouveau la voix de Hannah, un autre éclat de rire. Le pas lent, elle espère ne croiser aucun membre de la maison. Comment pourrait-elle expliquer son égarement ? Ils la prendraient pour une insensée et Rebecca comprend que ce serait la dernière chose à être. La situation l'est assez. Elle se demande pour quelle raison elle est revenue dans une maison familiale. La sienne

visiblement. Il y a au moins six ans qu'elle en est partie et, à vingt-huit, elle se trouve trop vieille pour partager le même toit que ses parents.

Ses élucubrations sont interrompues par le timbre mélodieux de sa mère qui arpente à son tour le corridor, les bras chargés de nappes, la robe aussi volumineuse que celle dont Cora l'a affublée, et le maquillage parfait. Et dire qu'elle ne l'a pas vue depuis des mois ! Dans cet apparat, elle peine à la reconnaître.

— Oh, tu es là ! Nous t'attendions, Rebecca.

— Maman ?

— Il y a des années que tu ne m'as pas appelée de la sorte, s'étonne Camille. Tu es

bien pâle, ma fille. Que t'arrive-t-il ? Et tes cheveux ? N'as-tu pas porté tes rouleaux ? Nous allons bientôt déjeuner, tu ne peux venir à table sans être coiffée. Tiens, mets donc cela et demande à Cora de te boucler quelques mèches.

La maîtresse de maison, embarrassée de ses tissus, retire le plus délicatement possible les petits peignes nacrés qui retiennent son chignon haut. Elle les tend à Rebecca, nerveuse.

— Je ne me sens pas très bien, avoue la jeune femme. Je vous rejoins. Hannah n'est-elle pas en classe ? demande-t-elle en détournant l'attention.

— Monsieur Rostand est en congé, tu le sais bien, c'est toi qui lui as fait la lecture

hier. Rebecca, tu m'inquiètes ? As-tu assez dormi ?

Camille s'approche de son aînée, contrariée. Sa robe de satin prune lui donne l'air tendre, mais ses grands yeux verts s'assombrissent dès lors qu'elle pose une main sur la joue de sa fille. Elle frissonne. Oh, comme Rebecca voudrait lui dire à quel point tout lui paraît bien absurde ce matin, comme sa mère semble sortie d'un magazine glamour des années 50 où elle partagerait l'affiche avec Betty Grable[1], par exemple ! Mais elle ne comprendrait pas.

— Oui, pardonnez-moi, j'ai la tête qui tourne, ment-elle, je dois avoir faim. Je ferais mieux d'aller jeter un œil à ce qu'ils

---

[1] Betty Grable est une actrice, danseuse, chanteuse et pin-up américaine, dont la photo en maillot de bain devint la plus populaire pour les soldats américains de la Seconde guerre mondiale.

font…au salon. Je ne semble pas être en avance. Merci…pour les peignes.

Rebecca n'ose attendre sa réponse et traverse vivement le reste du couloir. Elle finira par se faire remarquer si elle ne change pas d'attitude. Elle s'assure d'être assez loin pour s'adosser à un pan de mur, inspirer aussi profondément que son bustier le lui permet, passer une main sur son front et expérimenter une coiffure décente. Elle remonte de grandes mèches brunes de chaque côté de son visage avant de les fixer avec les peignes de Camille. Elle n'a pas le temps de chercher Cora. Ses dizaines d'heures passées à dévorer les biographies de ses idoles du cinéma Hollywoodien ou les égéries des publicités, la fierté des Etats-Unis après une guerre

meurtrière, l'aident considérablement dans son approche de la mode d'une époque fantasmée. Entre Coca-Cola et Vespa.

Elle repart avec une légère assurance mais ne définit pas cette impression de déjà-vu et cette quiétude qui l'exhorte depuis son réveil. La panique s'est d'ailleurs dissipée et Rebecca reprend contenance, elle le sent. La rambarde de l'escalier est déjà richement décorée en ce premier jour de l'avent. Des guirlandes de sapin piquées par des branches de houx enlacent la balustrade blanche. Le gui est suspendu au-dessus des portes. Toute la magie de Noël se dévoile devant elle et elle meurt d'envie d'en voir davantage. Elle ne reconnaît ni la maison ni l'atmosphère, mais la certitude d'y être à sa place la gagne brusquement.

Rebecca est saisie par la conversation plus bas. La voix familière de son père, Georges Swann, l'amuse, ravie de l'écouter de nouveau. Elle se décide à les rejoindre et s'approche de la rampe. Une main sur le montant, la seconde retenant le pan de sa jupe et le pied sur la première marche, Rebecca est soulevée par l'euphorie. Les lumières du hall, les décorations, la neige qu'elle aperçoit derrière les fenêtres du rez-de-chaussée, elle ne sait pas. Un autre chant de Noël surgit comme pour accompagner les familles dans des festivités qu'ils attendent toute l'année.

Et il est là.

Il est là, à l'observer, paralysée qu'elle est en haut de l'escalier.

Le souffle rompu, Rebecca laisse la douleur s'immiscer au creux de sa poitrine. Une douleur vive et ancienne qui manque de la faire trébucher. Mais il ne la quitte pas des yeux.

C'est lui.

La jeune femme retient un cri étouffé, une main à sa gorge, et des larmes se mettent à rouler sur ses joues creuses. Elle craint de défaillir s'il ne la rejoint pas maintenant. Mais il ne bouge pas.

Ne l'a-t-il donc pas remarquée ?

Dans son costume trois-pièces en tweed, les cheveux noirs coiffés d'une casquette en laine et le visage anguleux sous une barbe d'une semaine au mieux, Matthew ne fait pas un geste. Les souvenirs de Rebecca se

brouillent. Elle n'est plus sûre de distinguer ces traits si longtemps chéris. Il n'a pourtant pas changé, si ce n'est maigri peut-être, et son indolence devient insupportable.

Rebecca dévale la vingtaine de marches à la volée. Il n'y a plus ni père ni visiteur, seulement les lumières de l'hiver pour donner vie à son élan désespéré.

Il n'y a que lui.

C'est un Matthew bouleversé et déséquilibré qui reçoit Rebecca dans ses bras. La tête sur son buste, elle ne réfrène ni larmes ni soupirs et s'accroche furieusement à son cou. C'est beaucoup trop réel pour un rêve ou son imagination. Matthew se voit resserrer son étreinte à mesure que Rebecca se perd en lui. Il n'entend pas la fougue de cette jeune fille

qu'il n'a certainement jamais vue, mais cette intuition familière, cette sensation de profond bonheur l'empêche de la fuir et il referme davantage ses bras sur ce petit corps secoué de tremblements.

Rebecca murmure des mots qu'il n'entend pas. Des prières ou des remerciements, des souhaits, peut-être. Elle cuve son chagrin et sa chance de le retrouver enfin.

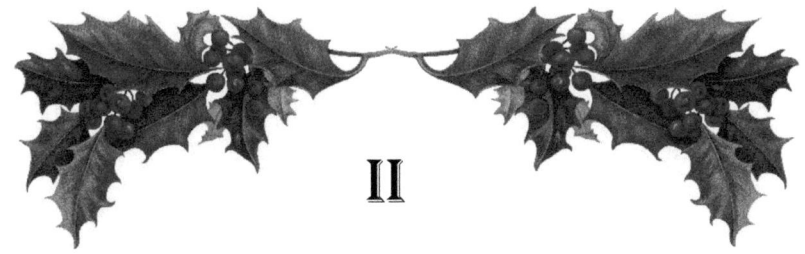

II

Le service du déjeuner est agité, non par l'excellente tourtière de Cora, mais par les questions suspendues au bord des lèvres de l'assemblée. Au moment où Matthew a relâché Rebecca, les regards se sont mêlés à la stupeur, en particulier à celle de Georges et de Camille. Confuse, fiévreuse, Rebecca n'a eu d'attention que pour le jeune homme et personne n'a eu l'air d'entendre cette soudaine effusion.

Elle a cherché ses yeux pour soutien, en vain, et elle s'est reculée, terrifiée par l'indifférence dont il fait preuve désormais. Ses larmes coulent toujours, sa gorge est nouée à chaque fois qu'elle jette un coup d'œil furtif. Ne l'a-t-il vraiment pas reconnue ? Elle aurait juré que son étreinte en démentait, mais elle le craint. Puis Cora a demandé de passer dans la salle à manger, Hannah sur ses talons. Un instant, Rebecca est restée devant la porte vitrée, observant les convives plus troublés qu'affamés. Même sa petite sœur n'a pas semblé vouloir l'embrasser.

Tout semble normal pour la famille Swann, un jour de l'avent comme les autres, un jour de préparatifs dont Rebecca n'a pas l'air de se rappeler. Elle choisit de se reprendre, essuie

ses sanglots d'un revers de manche et adopte une attitude aussi calme que la situation lui permet.

Elle est assise en face de Matthew et le dévisage sans retenue. Le jeune homme est intrigué avant d'être embarrassé. Qui est-elle ? Doit-il se rappeler leur rencontre ? Un goûter ? Un bal de charité ? Une sortie *« Chez Jimmy »* ? Et dire qu'il vient à peine de rentrer de Montréal pour l'anniversaire de son oncle Philibert où il a passé les trois dernières années ! S'il l'avait déjà croisée, il s'en souviendrait. Pourtant cette impression d'évidence le saisit. Le visage de Rebecca, le timbre de sa voix, son corps contre le sien, provoquent un séisme d'émotions. Il sent le rouge monter à ses joues et son cœur battre

plus fort dès qu'il la regarde. Il finit par baisser les yeux, loin de lui l'habitude d'être intimidé de la sorte, encore moins par des jeunes femmes de bonnes familles.

— J'ai récupéré mon neveu hier au soir ! s'exclame fièrement Philibert. Il a tellement de déplacements depuis qu'il travaille dans la pub ! C'est qu'il est sacrément doué le petit !

— C'est vous qui nous vendez ce dont nous n'avons pas besoin ? rit Georges. Que faites-vous dans ce domaine ? Les slogans ? C'est à vous que l'on doit les phrases *« cultes »* ?

— Non, je me suis spécialisé dans l'illustration.

— Un illustrateur ! N'est-ce pas remarquable, Rebecca ?

— Tu n'es pas publiciste du tout ! s'écrie-t-elle. Tu n'as jamais été dans la pub…Ils sont fous.

— Enfin quelqu'un d'honnête, se moque Matthew.

— Voyons, Rebecca ! Que t'arrive-t-il ? la questionne sa mère, abasourdie. Pourquoi accables-tu encore ce pauvre jeune homme ? Il faut nous dire ce qui ne va pas, exige Camille. Depuis ce matin, tu n'as pas l'air toi-même…Veux-tu remonter ?

— Je ne pars pas sans lui ! s'entend-elle dire.

— Pourquoi pas ? répond un jeune homme dans l'encadrement de la porte. Rebecca, je pense que tu devrais écouter notre mère et quitter la table avant d'avoir trop mal de tête.

— Oh, Léopold ! Dieu soit loué, tu arrives enfin ! s'anime Camille. Nous ne t'avons pas attendu pour le déjeuner, ton père a dit que tu prendrais la voiture, et avec toute cette neige… Viens donc embrasser ta mère !

— Ne vous dérangez pas, assure-t-il en déposant un baiser sur la joue de Mme Swann. Rebecca, j'ai besoin de toi maintenant. Cela t'ennuie si…

— Oh, non, je viens !

D'un bond mal assuré, Rebecca se lève de table sous le regard des invités et celui de Matthew en particulier qui boit une gorgée de vin méritée. Elle accepte le bras que lui offre ledit Léopold et tente de masquer sa terreur sous un pas plus lent que sa respiration. *« Etre normale. Etre normale. Etre normale. »,* se répète-t-elle. Elle pourrait tout à fait se jeter à son cou à lui aussi, l'accabler de questions, mais elle se retient, certaine d'en avoir déjà assez fait.

Les cheveux aux épaules, le corps élancé et un sourire prodigieux, Rebecca est obligée d'admettre que le grand frère qu'on lui a désigné est renversant alors qu'elle n'en a jamais eu. Soit ! Après ce qu'elle vient de vivre, quelle importance cela fait ? Léopold n'est ni nerveux ni désireux d'en apprendre sur son

compte, elle le remarque, et le suit. C'est son parfum qui la surprend : pêche, vanille et musc ! Rebecca a l'impression de s'en souvenir. Léopold ouvre les battants du salon et s'y engouffre avec sa sœur, un sourire en coin.

— Tu as faim ? J'imagine que tu n'as rien mangé, tu n'aimes pas la viande en sauce.

— Qui êtes-vous ? s'empresse-t-elle, agitée. Et pourquoi ne me reconnaît-il pas ? Où suis-je ?

— Assieds-toi donc ma petite sœur, tu vas tourner de l'œil.

— Je ne suis pas votre petite sœur !

— Pour eux si, et je te conseille vivement de faire en sorte qu'ils continuent à le

penser. De toute façon, il n'y a pas d'autres réalités ici. Camille a eu trois enfants. Regarde bien, nous avons les mêmes yeux. Il rit.

— Qui êtes-vous ? répète-t-elle, vaincue, en s'installant sur le sofa tapissé.

— Ta meilleure chance de t'en sortir !

Léopold se dirige vers le buffet vitré et attrape un verre à Whisky avant de se raviser sous l'œil agacé de Rebecca.

— Tu en veux un ? Ça ne te ferait pas de mal. Et pour répondre à ta question, non, il ne te reconnaît pas.

— Pourquoi ? Ses larmes sont soudaines. Savez-vous qui il est ? Savez-vous que…

— Oh, bien sûr je sais qui il est, et pourquoi il est là surtout.

— Mais il est mort…, conclut-elle, c'est la seule chose que je peux vous garantir. Le reste m'échappe. Mon Dieu, je suis morte aussi, c'est ça ? Je suis morte, mes parents avec ?

— Pas ici en tous les cas. Tu as trop bonne mine pour une défunte !

— J'ai l'impression de rêver !

— C'est un peu plus compliqué que ça. Ouvre la fenêtre et lève la tête, lui propose-t-il.

Les flocons en dépôt sur le haut de la vitre tombent dans les mains de Rebecca qui s'exécute. Elle se penche pour admirer la vue

et reconnaît alors cet endroit visité quelques mois plus tôt alors que Matthew lui avait proposé l'impensable. Pourtant, la situation lui échappe, ses souvenirs sur le sujet se dissipent à vitesse folle. Oui, elle a l'impression de rêver ou de perdre la raison. Ses yeux s'embuent de sanglots devant les plaques de givre sur le Saint-Laurent.

Puis, le regard plus haut, Rebecca aperçoit la terrasse Dufferin et le majestueux Château Frontenac, devine les plaines d'Abraham ; tout est là. Elle entend alors le bruissement d'une ville en activité. Joyeuse. Vivante. Elle ne voit rien mais distingue le ronflement des vieilles voitures, les rires des passants, peut-être. A défaut de savoir en quelle année elle se trouve, elle sait parfaitement où elle est.

Elle profite de ce prompt raisonnement pour étudier la tenue de Léopold, la sienne et le mobilier alentour. Le transistor joue une nouvelle ballade de saison et les yeux de Rebecca parcourent le Vogue de décembre 1954 posé sur la table basse entre le National Geographic et The Globe and Mail. Anglophone. Francophone. La richesse du Canada, en somme. Cela n'a aucun sens !

— Il y a des choses que je dois te dire avant de continuer, Rebecca.

— Ah, nous y voilà enfin !

— Tu ne lui parleras jamais de votre histoire, tu ne lui diras pas qui tu es pour lui. Sache aussi que tu ne pourras pas le sauver, tu n'en as pas le temps.

— Léopold, si Matthew est toujours vivant ici, pourquoi ne puis-je pas le sauver ? Qu'est-ce que je fais là sinon ?

— Tu as 24 jours, pas un de plus pour le découvrir, et même moi je n'en ai aucune idée.

— C'est insensé ! Et si je lui parle ? Que va-t-il se passer ? Va-t-il mourir une seconde fois ? C'est pour me punir ? Oui, si je lui raconte tout, est-ce…

— Me raconter quoi ? les surprend Matthew.

Rebecca se retourne face à la porte du petit salon. Matthew est au milieu du hall et elle ignore ce qu'il a entendu de la conversation. La jeune femme tremble à mesure qu'elle le

dévisage et un brusque élan d'espoir la transperce. Pourquoi lui a-t-on arraché ? Pourquoi le retrouver maintenant, en 1954, sur les bords d'un des plus beaux fleuves canadiens ? Quelle est la raison qui la fait revenir auprès de l'homme qu'elle ne pourra jamais oublier ?

Léopold sourit, elle le sent de par son dos, et il peut tout à fait être la personne la plus folle au monde, soit. Elle accepte la situation fantasque, s'y adaptera du mieux qu'elle peut.

Rebecca ne répond à rien à Matthew qui semble fuir le déjeuner. Il a eu besoin de comprendre, en vain, ce qui l'attire tant chez cette inconnue. Sans attendre, il lui tend une main glacée que Rebecca saisit à la volée, et l'entraîne dehors. Elle ne réfléchit plus, elle en

aura bien assez le temps. Plus tard. Demain. Oui, elle en aura un temps infini.

Etre avec lui, en revanche elle n'en a que trop peu et elle ne doit pas le gâcher. 24 jours.

III

Une bourrasque de vent glacial enveloppe les jeunes gens sous le porche. Rebecca conserve ce silence que Matthew apprécie malgré la situation. L'air frais tourne leur tête et la neige, qui s'est arrêtée de tomber, leur offre un spectacle à couper le souffle. La poudreuse recouvre les sapins à la cime démesurée, embrasse les pas-de-porte, les trottoirs. Le ciel a une teinte d'après-midi d'hiver et la quiétude

apaise, un instant, la ferveur de Rebecca. L'atmosphère est feutrée, idéale pour la circonstance.

Rebecca n'ose lâcher la main de Matthew qui l'emmène hors de l'allée principale. Elle lève les yeux vers le château Frontenac et décide de le rejoindre. L'adrénaline force sa cadence et ne laisse le plaisir de la réflexion à personne. Elle sent la chaleur de la paume de Matthew contre la sienne, son bras se détend à mesure de leurs pas. Rebecca a l'impression d'être dans une illusion.

Mais il est là. Sa présence lui insuffle une puissance qu'elle n'avait plus, la nourrit et l'aide à ne pas sombrer dans des rêveries insensées. Elle voudrait le dévorer des yeux, encore, le secouer, le faire revenir à elle. Elle voudrait

s'assurer qu'il ne la quitte pas de nouveau tant sa disparition l'a détruite au point où elle ne se rappelle presque rien.

Ils arrivent sur la place où la statue de Champlain domine l'endroit. Rebecca se tourne, se retourne, sans libérer les doigts de Matthew qui la regarde, à son tour, comme une revenante. Le décor est somptueux. La vieux Québec s'anime et Rebecca a la sensation de plonger au beau milieu d'un plateau de tournage d'un film d'époque. Les vitrines se sont parées de guirlandes et de branchages, les restaurants foisonnent de clients heureux. Une boutique de souvenirs, un cinéma à l'angle de la rue, un diner bondé. La jeune femme est au cœur des années 50, et même si ce n'est qu'un rêve, puisque cela

ne peut qu'en être un, c'est terriblement réussi. Elle veut y plonger avec Matthew.

Néanmoins, le froid qui la ceint l'oblige à bouger. Elle est sortie sans manteau et le froid a surplombé l'excitation. L'ambiance est grisante. Matthew, qui n'a pas dit un mot et n'a pas fait demi-tour, lui offre sa veste chaude et l'invite à trouver un endroit plus chaud. Mais Rebecca a envie de danser au milieu de ces riverains, de les embrasser soudain.

Pour la première fois depuis des années, elle se sent vivante.

Pour la première fois depuis des années, il se sent heureux.

Rebecca fait quelques pas en direction du quartier du Petit Champlain, profitant jusqu'à

épuisement de cette magie de Noël qui gonfle sa poitrine.

Etourdie et ankylosée, Rebecca trébuche sur le trottoir glissant. Matthew la rattrape de justesse et son regard a changé. Le temps est figé dans cette étreinte impromptue et Rebecca se met à espérer n'importe quoi. S'il la touche, tout lui reviendra, elle en est persuadée. Il n'a qu'à la serrer davantage pour que tout devienne évident. Contre lui, elle n'a plus peur. Elle n'a plus mal. Elle ne pense même pas à ce que Léopold lui a interdit. Ce n'est pas un hasard, se persuade-t-elle, c'est leur histoire. Matthew ne détache pas ses yeux de cette silhouette frissonnante. Rebecca veut l'entendre dire : c'est toi. Mais il n'y a que le silence et la tâche qui vient de lui être confiée paraît désormais

terriblement difficile. Si elle ne parvient à lui rendre la mémoire avant Noël, qu'adviendra-t-il ?

Un instant, elle imagine qu'ils n'ont jamais été séparés. Un instant, elle imagine que sa mort n'a jamais existé. La neige se met de nouveau à tomber et les rafales qui l'accompagnent les décident à se mettre à l'abri.

Matthew lui propose d'entrer dans un restaurant et il la relâche si vivement, comme électrisé de son corps contre le sien, qu'elle tangue. La serveuse qui les accueille, a ce fort accent québécois qui traverse les générations et hèle deux autres clients avant de prendre leur commande. Deux chocolats chauds fumants saupoudrés de crème et de sirop d'érable. L'odeur manque de la faire succomber et elle

observe les flocons qui s'accumulent sur le rebord des fenêtres. Elle est incapable de comprendre, mais l'endroit lui paraît familier. La scène un air de déjà-vu. Le juke-box en fond de salle ne se prive pas des chanteurs en haut du top 50 qui réinterprètent chacun les classiques de Noël. Enfin classique d'après son interprétation et son année réelle, car à en croire le calendrier au-dessus du comptoir, c'est une nouveauté.

Matthew semble plus apaisé qu'au déjeuner. Rebecca le remarque. Etrangement, face à ses yeux bleus, elle se sent bien et ses larmes naissantes ne sont pas pour le chagrin de l'avoir un jour perdu, mais pour le bonheur de le retrouver. Comme il lui manque ! Elle s'en rend brusquement compte. La jeune femme mord sa

lèvre gercée par le froid pour ne pas lui déballer tout ce qu'il ne sait plus et que Léopold lui a délibérément interdit, mais attrape sa main. Son geste est naturel et Matthew ne la repousse pas.

Puis, elle brise le silence:

— Pourquoi m'as-tu emmenée ?

— C'est toi qui t'es jetée dans mes bras devant toute ta famille, et tu t'étonnes ?

— Je suis désolée mais…

— Ne le sois pas, sincèrement. Alors de quoi parliez-vous avec Léopold ? Ah si, à propos de me raconter quelque chose ?

Ils sont interrompus par la serveuse venue les solliciter pour un dessert et Rebecca tente de dissimuler le rouge de ses joues. Que pouvait-elle bien lui répondre sans risquer de

bafouer les règles à quelques heures de son arrivée ?

— Après tout, je présume seulement. Vous ne parliez peut-être pas de moi ! rit-il.

Son sourire est ravageur et Rebecca sait qu'il ment mais est assez respectueux pour ne pas être indiscret. A l'observer de la sorte, elle a la sensation que l'alchimie est toujours là. Matthew est tout aussi chaviré sans entendre ce soudain attachement. Et même s'il ne la reconnaît pas, Rebecca sait qu'il est là. Elle n'a pas oublié les règles de Léopold et se décide à ne rien dévoiler aujourd'hui, mais à comprendre le reste demain. D'ailleurs, si elle ne peut déballer leur histoire, elle peut apprendre la sienne. Oui, elle veut redécouvrir l'homme qu'il est maintenant comme les prémices d'une

histoire, un renouveau salvateur. Et la première question : pourquoi était-il invité à déjeuner chez ses parents un dimanche de l'avent ?

Matthew explique d'un enthousiasme non feint que son recrutement à l'agence de publicité « *Beth & Darcy* », lui laisse peu de temps pour organiser sa vie. Sous l'insistance de son oncle Philibert, qui a tenu à lui présenter Georges et Camille Swann, ses amis de longue date, Matthew s'est laissé convier faute de mieux. S'il avait su ce qui l'attendait ! Rebecca apprend qu'il n'a plus que Philibert et Millicent pour famille, ses parents ayant quitté le pays durant son adolescence, avec pour seul lien, des nouvelles formelles d'un territoire qu'il ne connaît pas. C'est une source d'ahurissement. A l'époque où ils étaient ensemble, les parents de Matthew

étaient relativement présents dans leur quotidien et ni Philibert ni Millicent ne faisaient partie de l'entourage. Elle se met à douter de son état de santé mental, de son état tout court.

Mais Matthew est le même. Ses expressions, sa voix, sa mèche tombante sur son front qu'il ne cesse de repositionner sans y porter attention. Ses yeux lumineux qui font mentir les silences et les non-dits. Pour lui, c'est une rencontre. Pour elle, une renaissance. Elle meurt d'envie de lui demander l'impossible et de se livrer enfin. Elle veut qu'il réagisse et sorte d'une torpeur qu'elle imagine. Matthew ! C'est Matthew. Et ce chocolat, ils l'ont déjà bu l'année précédente ! Même lieu, même date, même couple. Que s'est-il passé alors ?

Pourtant, l'heure qui suit ressemble à un premier rendez-vous et Rebecca se laisse emporter. Une exaltation et une tendresse contrôlées, un intérêt aiguisé pour tous les mots qu'ils se diront, à mesure que Matthew raconte une vie à laquelle Rebecca n'appartient pas. Elle se raccroche à son sourire et à tout ce qu'il voudra lui montrer désormais. Elle s'y adaptera, elle a quelques jours devant elle. Mais avalant une dernière gorgée, Matthew la surprend et déclare :

— Moi aussi, j'ai l'impression de te connaître Rebecca. C'est ça que tu devais me raconter ?

Il a dit *"moi aussi"* alors qu'elle s'est tue tout du long. Elle constate que son expression a changé. Il est troublé et attrape sa main par

instinct ou réconfort. Rebecca manque d'éclater en sanglots, mais la douleur se dissipe. Elle flotte. Elle serre ses doigts, se souvient de chaque imperfection sur cette main tant de fois caressée. La tristesse pour cet homme qu'elle a tant aimé, qu'elle aime encore terriblement, fait doucement place à l'espoir de le conquérir de nouveau. Matthew n'a aucune idée de ce qu'ils ont partagé un jour et Rebecca se jure, qu'à défaut de le lui rappeler, elle lui offrira mieux. L'étincelle existe après toutes ces années. C'est la leur.

Et si elle était revenue pour cela ? Faire exploser l'étincelle ?

IV

Les jours qui suivent sont parsemés de rires, d'exclamations et de bruissements de papier ou de tissu dans la maison. C'est un capharnaüm dans lequel les parents de Rebecca n'ont de concentration que pour les préparatifs du grand bal qu'ils s'apprêtent à donner. La jeune femme prend garde à ne commettre aucun impair, à se fondre à la fois dans le décor et dans l'atmosphère. Elle y parvient et n'a eu aucune

remarque quant à sa conduite avec Matthew ni sur leur sortie.

Hannah tente de faire asseoir le Terre Neuve de la famille et Cora est dépassée. Rebecca l'entend fanfaronner de la cuisine au salon, agacée du manque d'implication des Swann pour des événements si importants. Rebecca surprend sa mère répliquer qu'elle connaît la rengaine par cœur depuis toutes ces années et propose à sa fille d'apporter son aide. L'avent n'a rien de commun par ici, il y a beaucoup à préparer : la décoration, la participation aux œuvres caritatives, le bal, donc.

Léopold ne fait que passer dans la maison où il ne vit plus, et Rebecca n'a aucune envie de le solliciter de peur qu'il la sermonne ou lui révèle qu'elle n'est pas sur la bonne voie. Voie

qu'elle doit trouver seule, au demeurant, et à la vue du calendrier qui tourne, elle s'inquiète. Depuis leur tête-à-tête avec Matthew, elle se demande si le temps passé ensemble n'est pas suffisant. Pour calmer son ardeur et protéger sa couverture imaginaire, Rebecca s'occupe d'Hannah. La fille, enchantée, d'une telle attention, ne se prive pas de ces moments partagés. Rebecca regrette alors de ne pas la voir aussi souvent qu'elle le voudrait depuis qu'elle a quitté la maison et s'est installée avec Matthew, plongée dans ses dossiers urgents demandés par son patron. Enfin, dans sa réalité. Aujourd'hui, elle a l'impression de profiter, d'avoir une réelle seconde chance, là aussi.

Ces réflexions la bouleversent. Elle craint de se tromper de combat, de ne pas avoir

déchiffré les mots de Léopold. Après tout, ce n'est qu'une illusion, se persuade-t-elle.

Elle en fait un défi et passe les jours suivants à élaborer mille stratégies, aussi extravagantes les unes que les autres. Elle tente de se remémorer tout ce qu'elle sait d'ici, tout ce qu'elle est capable de normaliser dans une situation pareille. Elle est à Québec, exactement là où Matthew et elle sont venus l'année dernière pour… Pourquoi d'ailleurs ? Sa mémoire flanche ici et ses maigres souvenirs se dissipent. Elle pourrait reconnaître le moindre des lieux qu'ils ont visités ensemble, jusqu'au restaurant où ils sont entrés le premier jour, mais elle est incapable de comprendre ce qu'ils y ont fait, ce qu'ils s'y sont dit.

Pour ce qui est de l'année dans laquelle elle évolue, elle n'a absolument aucune logique. Elle aurait trouvé plus cohérent de vivre dans ce XIXe siècle qu'elle affectionne tellement. Un fait marquant ? Son ignorance l'agace profondément. Elle s'autorise à imaginer des scénarii improbables pour que tout rentre dans l'ordre. Mais quel ordre ? Flâner dans les ruelles enneigées et tomber sur une vitrine qui fera écho à un souvenir précieux qu'aucun d'entre eux n'est capable de se rappeler ? L'embrasser sur le vif et croire à une magie ridicule de conte de fées ? La dernière fois il a commencé à se souvenir avec ses mots : *« moi aussi, j'ai l'impression de te connaître »*.

Rebecca ne parvient pas à discerner le plan que Léopold, elle est certaine que c'est lui, a

dressé pour elle. Et puis, si elle doit recommencer son histoire avec Matthew, pourquoi être la seule à se souvenir de la première ? Elle n'a rien à lui montrer de sa vie avec et sans lui, pas une photo, une illustration.

Et le vide la surprend. Sans lui, elle semble ne plus exister. Ni ici ni chez elle. Elle ne peut offrir qu'un cœur endeuillé et une culpabilité pour sa disparition. A mesure que ses pensées tourbillonnent, sa concentration est perturbée et Rebecca finit par chasser le fol espoir, le plus fort pourtant, de sauver Matthew. Le reste n'a aucun sens à ses yeux et ce nœud au cœur de la poitrine lui rappelle brusquement que les sentiments ont changé, que ce n'est plus la nostalgie, mais bel et bien la lueur d'un nouveau

jour. Et pour qu'il soit beau, Matthew doit accepter l'impossible.

Elle se jure qu'il se rappellera de tout bientôt.

Qu'il la verra telle qu'elle est : son grand amour.

Alors durant les deux semaines qui ont succédé leur premier tête-à-tête, Rebecca a pris confiance en cet avenir étonnant. Matthew n'a visiblement pas évoqué ses intentions de retourner à son agence et a partagé presque toutes ses après-midi avec elle. Sa résidence chez Philibert et Millicent intrigue la jeune femme. Pour un homme si occupé, il n'a plus semblé être sous la coupe d'un agenda intenable depuis leur rencontre.

Elle a appris beaucoup sur cet inconnu désormais, il l'a découverte de façon inouïe sans jamais l'approcher davantage. Rebecca a oublié ses envies d'embrassades de prince charmant, laissant les heures défiler à ses côtés, les savourant en essayant de voir ce qu'elles lui apporteraient. Le jeu a changé, elle ne s'en est pas aperçue et ses souvenirs d'une vie antérieure se sont dissipés. Les étourdissements du matin s'évanouissent. Elle flotte dans une réalité qu'elle ne maîtrise pas mais qui la stimule. Elle a l'impression d'être à sa place. Et elle ne pense plus à la fin du 25ème jour ni à ce qu'elle fera ensuite.

Camille passe la porte de la maison et annonce que Georges ne pourra pas se libérer pour choisir l'arbre de Noël. Cette année le rituel

est perturbé, mais en ce quinzième jour de l'avent, il est plus que temps de s'attarder sur le sujet. Rebecca propose à sa mère, aussi peu réelle qu'elle soit, de faire appeler Léopold. Camille lui assure qu'elle négociera avec Gus, le propriétaire de la parcelle de forêt, pour qu'il lui vienne en aide. Elles se débrouilleront. Rebecca enfile alors son manteau, attache celui de sa sœur, et toutes embarquent dans la voiture familiale.

A quelques kilomètres de l'immense demeure des Swann se trouve une lisière de bois réquisitionnée pour l'avent où les sapins feront le bonheur des foyers en quête de festivités. Gus, donc, vêtu d'une chemise à carreaux et d'une chapka fourrée, serre chaleureusement la main de Camille qu'il semble si bien connaître.

Camille invite Hannah et Rebecca à se décider quant au sapin qu'elles ramèneront. Un exercice difficile. C'est un véritable engagement envers la famille pour ne pas gâcher la fête. Il n'est pas seulement question du plus grand, du plus vert, du plus touffu, mais de celui qui dégage la magie. La véritable magie. Hannah se faufile à travers les conifères tandis que Rebecca n'ose rien toucher. Elle ne peut se décider si vite. Elle tente de ne pas perdre de vue sa petite sœur lorsqu'elle aperçoit l'arbre parfait. Il est tel qu'elle se l'imagine et ce sentiment de certitude gonfle sa poitrine. Elle hèle le bûcheron en serpentant les allées jusqu'au sapin favori lorsqu'une collision la met à terre.

— Vous pourriez faire attention ! Et lâchez ce sapin, il est à moi ! s'exclame-t-elle

en voyant les pieds de l'inconnu bien trop près de son arbre.

— Vous n'êtes pas la seule à vouloir célébrer Noël dignement, Mlle Swann.

Elle sent sa voix lui manquer. Matthew remonte son chapeau et son sourire est éclatant. Il tend la main à la jeune femme enneigée et l'aide à se redresser. Rebecca chancelle à son contact et n'a plus les mots tant elle est confuse. Que fait-il ici ?

— Alors ? s'enquit Gus. C'est lequel votre sapin ?

— Celui-ci ! entonnent Matthew et Rebecca d'une même voix.

— Il va falloir vous décider. J'en ai pas deux comme ça. C'est vrai qu'il est rudement beau !

Hannah a trouvé un compagnon pour chahuter au milieu des conifères, oubliant sa grande sœur et riant à gorge déployée. Camille fait la conversation à une voisine retrouvée et n'a aucune surveillance pour sa fille. Puis un cri se fait entendre. Un danger imminent. Rebecca a à peine le temps de lever la tête que Matthew se jette sur Hannah à quelques mètres d'eux. Il a le temps de l'éloigner d'un immense sapin en chute libre, déséquilibré par la course des enfants ou d'un mauvais soutien. Tous retiennent leur souffle en entendant l'arbre s'effondrer sur le sol, le bruit étouffé par la poudreuse. Matthew est touché mais parvient

à s'extirper sans mal. Puis trois autres arbres s'abattent également, emportés par la puissance du premier.

Hannah est recroquevillée dans la neige, des larmes roulant sur ses joues rouges. Son compagnon a disparu. Un petit lâche, a songé Rebecca. Le silence les enveloppe un moment. Camille se précipite vers sa benjamine, horrifiée. Il n'y a aucune trace de blessure. Un peu, et Hannah se serait retrouvée écrasée pour quelques secondes d'inattention. Oui, si Matthew n'avait pas été là, une catastrophe aurait eu lieu. Rebecca s'avance vers Matthew et se jette à son cou avec terreur. Elle a eu si peur ! Il grimace sous son étreinte et tente de dégager un bras endolori. Il doit voir un médecin dès leur retour et il n'est pas question qu'il reparte seul bien que Rebecca ne sache

toujours pas la raison de sa présence ici. Le hasard ? Le destin ?

D'instinct, Matthew retire quelques flocons des pommettes de Rebecca et ses yeux noirs plongent dans les siens. Il suspend son geste tout en observant ce visage qui lui est de plus en plus familier. La neige continue de tomber et ils ont la sensation d'être seuls au milieu de ces arbres gigantesques, au milieu de cette foule bien lisse qui ne se préoccupe sûrement plus de l'incident. Pour peu, il manquerait de poser ses lèvres sur les siennes. Il en meurt d'envie, Rebecca est paralysée. Ce n'est plus l'homme du café, ni celui du déjeuner, à peine celui avec qui elle a passé ces derniers jours. Elle veut tout lui dire, maintenant, l'embrasser et l'aimer comme autrefois.

Mais Gus, mal à l'aise de la situation, interrompt leur rêverie en proposant de leur offrir l'arbre qu'ils convoitaient quelques minutes auparavant.

— Nous prendrons celui-ci, réclame Matthew en désignant l'arbre étalé à côté d'Hannah. Vous pouvez l'installer sur le toit de la voiture.

Gus ordonne à l'un des employés de lui venir en aide sans un mot. Il ne contestera pas les ordres de ce jeune homme devenu héros. Il fait ses excuses à Camille, un maigre sourire pour Hannah et se débarrasse du sapin, bien plus grand qu'espéré au début, le plus vite possible. Une fois attaché sur le véhicule, l'arbre d'au moins trois mètres est prêt à

rejoindre la famille Swann, une histoire à raconter à travers sa magnifique stature. Camille a installé Hannah et prie Rebecca et Matthew de la rejoindre. Les jeunes gens quittent définitivement leur bulle parfait et invisible.

Rebecca n'a pas quitté Matthew du reste de l'après-midi. Le médecin est arrivé avant la tombée de la nuit, diagnostiquant une sévère entorse au jeune homme et une foulure à la cheville à Hannah qui a tenté de s'échapper en trébuchant. La fillette craint ne pouvoir danser au bal mais le vieux médecin lui assure qu'elle serait bien remise pour faire tourner la tête de ses cavaliers. D'ailleurs, quels cavaliers peut-elle avoir si jeune ? Matthew et Hannah sont

emmitouflés dans des édredons moelleux, sirotant un thé brûlant. Hannah se promet de ne plus s'éloigner des siens !

Cora a ajouté un couvert pour le dîner pour Matthew. Camille lui doit la vie de sa fille et cette dette est infinie. En attendant, les Swann se retrouvent dans la salle à manger pour décorer l'immense sapin. Léopold est rentré, Georges toujours retenu, mais Matthew est invité à venir partager ce moment chaleureux avec un naturel qui frôle l'irréalisme. Rebecca n'a qu'une quiétude d'apparat. Hannah est surexcitée à la vue de décorations entreposées dans le salon. Elle les agite et en fixe quelques unes pour donner le ton. Camille propose à Rebecca et Matthew de choisir la suspension qu'ils mettront sur l'arbre et de faire le

traditionnel vœu de l'avent. Celui-ci semble si particulier.

— Tant qu'il y aura Noël, nous garderons l'espoir et nos rêves prendront vie, déclare Camille, encore émue de son après-midi.

Rebecca opte pour une chouette en plumes blanches, souhaitant de tout son cœur que son grand amour lui revienne pour de vrai. Matthew une boule en verre soufflée dorée. Tous deux s'approchent pour les accrocher à la même branche.

Leur sourire ne les embarrasse plus. La tension est insoutenable et Léopold annonce qu'il est temps de monter pour installer le cimier. Matthew se propose d'y porter Hannah, malgré sa blessure, folle de joie. Au fond de lui, il garde la symbolique de ne pas

oublier ce à quoi ils ont échappé. L'étoile en or bien en main. Léopold allume la guirlande lumineuse et la fillette, dans les bras de Matthew, dépose avec précaution la précieuse et l'ultime décoration sous les applaudissements de ses proches. Rebecca croise les yeux de Matthew. Ils brillent presque autant que les siens.

Elle ne veut être nulle part ailleurs. Jamais plus.

La belle humeur du soir, malgré la frayeur du jour, dispose tout le monde à la conversation. Le bal, Noël, tout est sujet à divagations et enthousiasme. Le menu et les tenues sont détaillés. Rebecca est bercée par cette douce folie à laquelle elle appartient et se prête à imaginer la robe qu'elle portera après-

demain. Matthew est à ses côtés et elle se retient de lui prendre la main dans un élan de soulagement. Ce sera un magnifique Noël, le plus beau depuis longtemps. Le plus beau tout court. Elle ne songe qu'à cela et oublie le calendrier qui tourne encore.

A l'issue du dîner, Matthew remercie la famille Swann de son invitation et leur assure de son soutien pour la suite des préparatifs. Il est incapable d'ôter son impression d'évidence, d'humanité, qui l'étreint depuis des heures.

Rebecca raccompagne Matthew malgré les chuchotements de ses parents. Sous le porche éclairé, la lune pleine se reflète sur la poudreuse des allées. La nuit est froide mais les jeunes gens ne semblent pas s'en préoccuper. L'alchimie de l'après-midi est toujours là. Ils la

caressent du bout des doigts, tentent de la capturer sans la comprendre. En silence, ils profitent du paysage apaisant lorsque Matthew propose :

— Veux-tu aller danser ?
— Danser ?
— Oui, *« Chez Jimmy »*, au Petit Champlain.
— Je ne sais pas danser, avoue-t-elle.
— Comme tu ne sais pas patiner ! Mais ça aussi, je promets de te l'apprendre !
— Comment sais-tu que… ?
— Je préviens nos parents, les surprend Léopold, réapparu brusquement.

Rebecca sursaute, bien moins surprise que Matthew. Il ne lui a pas laissé le temps de

comprendre ce qu'entendait Matthew. Comment pouvait-il savoir que le patinage reste un souvenir difficile, un souvenir commun, dont elle n'a plus voulu se rappeler ? Une journée qui avait manqué de tourner au drame. Rebecca sonde vivement les yeux de Matthew qui semble s'être repris. Un autre égarement. Encore. Commence-t-il à se souvenir ? Parvient-elle à lui faire entendre qu'elle est là ?

Léopold leur fait un signe de tête. La jeune femme se moque de savoir si elle commet un impair ou si elle n'est pas habillée pour les circonstances, encore plus où il a passé la journée. Elle accepte la proposition de Matthew, enflammée.

Les lumières du Petit Champlain, lui-même surplombé par le Château Frontenac, sont magnifiques et plongent les habitants dans une atmosphère de fêtes. L'animation bat son plein dans les *diners* et les pubs branchés. Le cœur des années 50, un film en technicolor dont Rebecca se retrouve héroïne. Elle suit Matthew qui se dirige vers *« Chez Jimmy »* cet endroit dans lequel ils se sont retrouvés la première fois. Un rock endiablé, flanqué de quelques grelots de Noël pour l'arrangement, envahit la rue et, incite les passants à entrer.

Les appliques de la salle sont tamisées et la cheminée au fond de la pièce surchauffe les corps.

Matthew fait ôter le manteau de Rebecca et pose le sien dans un coin de la pièce. Qu'ils sont élégants ! Le chic de l'époque leur sied

bien, elle en a conscience. Matthew lui attrape la main, enjoué comme jamais et l'attire sur la piste au milieu des danseurs radieux.

Il la plaque contre lui. Elle défaillit. Il n'y a plus de timidité, de pudeur. De peur.

— Il paraît que tu ne sais pas danser, alors suis-moi !
— Je t'ai toujours suivi. C'est toi qui as quitté notre route.

Et il l'entraîne dans des pas maîtrisés, mais fougueux. Rebecca se laisse conduire, exaltée de l'avoir si près. Elle pourrait danser des heures entières à ses côtés. Elle n'a pourtant jamais aimé la piste, et, de son souvenir, lui non plus. Mais ce soir ce n'est plus la nostalgie, ce n'est plus la mémoire d'une autre histoire, c'est

la leur. Nouvelle. Bouleversante. Rebecca se retient de le lui dire. Les autres clients leur jettent des regards en coin admiratifs, intrigués par leur alchimie et leur désinvolture. Le juke-box ne s'arrête pas, les morceaux s'enchaînent les uns après les autres. Matthew propose un rafraîchissement à Rebecca qui boit sa bière vivement avant de retrouver son partenaire. Rien ne l'arrêtera tant qu'il la tient dans ses bras.

Matthew profite d'un instant de répit pour lui faire remarquer d'un coup d'œil une branche de gui suspendue sur la poutre au-dessus d'eux.

Et avant que Rebecca puisse répliquer, Matthew pose ses lèvres sur les siennes.

Elle vacille. Définitivement.

Au milieu de cette foule enfiévrée de musique folle, Rebecca s'accroche au cou de Matthew comme si sa vie en dépendait. Le monde disparaît. Elle lui rend son baiser aussi indécent que réconfortant. C'est lui. Elle n'en doute plus et des larmes percent ses yeux clos. Faites qu'il se souvienne maintenant, songe-t-elle.

Une main sur sa joue, Rebecca a l'impression que des images reviennent hanter sa mémoire encore fragile. Des émotions. Des sensations. Matthew qui n'est plus là et la douleur de son absence. Elle tente de dissiper ce malaise. Ce baiser est profond. Il scelle ces retrouvailles au goût de rencontre. Puis elle entend, enfin, ce que Léopold a tenté de lui dire.

Elle ne le sauvera jamais.

Elle comprend que ce soir, et pour les jours à venir, elle est à ses côtés pour autre chose. Et il doit l'y aider. Il doit se souvenir ! Sinon à quoi bon ? Elle refuse d'être venue lui dire au revoir une seconde fois. Non, ici, il ne quittera pas la route en chemin. Ses sanglots recouvrent ses joues mais ils sont tous pour ce bonheur, unique, de l'avoir contre elle. Matthew use de leur étreinte pour la balancer au rythme d'un nouveau rock.

— Allons dans les plaines d'Abraham, murmure-t-elle.

— Pourquoi ?

— Parce que c'est là que tout a commencé.

La neige tombe sur Québec, les jeunes fous se contentent d'être ensemble, à l'abri du monde.

Et pour un temps qu'ils espèrent infini.

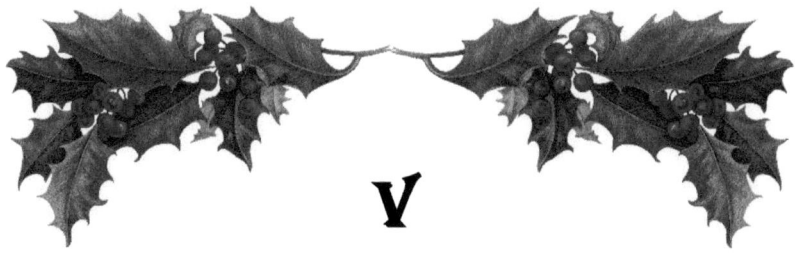

V

Rebecca a pris l'habitude d'un réveil à heure fixe, s'obligeant à ouvrir les yeux avant la venue de Cora. C'est un peu un jour sans fin, une répétition orchestrée à laquelle elle ne peut se soustraire. Les émotions de la veille la troublent encore. Non seulement Matthew est là, mais il est tombé sous son charme, comme au premier jour. Et elle est persuadée qu'il commence à se souvenir, lui aussi. Leur baiser en est la preuve.

Espéré et salvateur à la fois, il les a chavirés. Mais ce matin, Rebecca prend peur. Et si le rêve était terminé ? Si Matthew n'existait finalement plus et qu'elle ne l'ait pas compris ? A quoi bon ? Mais Cora vient la tirer du lit avec entrain et la jeune femme s'empresse de revêtir sa robe du jour.

Une bleu Roy qu'elle a repérée en fouillant dans sa penderie. Rebecca entend Hannah arpenter le corridor puis toquer sa porte. Le petit déjeuner est servi et elle doit honorer sa promesse, chuchotée quelques jours plus tôt, d'emmener Matthew dans les plaines d'Abraham. Pour quoi ? Ce n'est plus seulement pour son souvenir à lui, mais aussi le sien tandis qu'elle ne parvient plus à capturer quoi que ce soit de sa vie d'avant. De sa vie

réelle. Rebecca déguste chocolat chaud et brioche, fruits à jus et biscuits, et elle a l'impression de s'intégrer à cette famille qui est, aujourd'hui, la sienne. Les chants de Noël qui résonnent dans toute la maison font écho à l'euphorie de ce mois si tendre.

Rebecca jette un œil sur le somptueux sapin qui orne la salle à manger et qu'ils ont décoré avec tant de joie, malgré la frayeur qu'il leur a inspirée. Rebecca en a le tournis et Cora la bouscule, la pressant de rejoindre Léopold qui l'attend dans l'allée. Ses parents ayant ri à sa proposition de conduire le véhicule familial, Léopold lui a assuré qu'en effet, il était mieux qu'il l'accompagne. Ici, elle n'a pas de permis de conduire alors Rebecca s'est tue. Ce n'était pas l'heure du scandale.

Elle regarde par habitude le calendrier accroché dans le hall d'entrée.

19 décembre.

Léopold démarre la voiture, Rebecca à ses côtés, plus silencieuse que jamais tandis que son cœur est à brûle-pourpoint. Cette journée est déterminante, elle en attend beaucoup sans savoir ce qu'elle en retirera. Mais elle refuse la déception, l'échec. Elle est prête, elle le sait. Sera-t-il au rendez-vous, en bas des plaines ? N'aura-t-il pas pris peur? Rebecca pourrait questionner Léopold, pourtant, elle est persuadée qu'il n'a rien à lui apprendre aujourd'hui. C'est elle qui contrôle la situation désormais. Elle a tout préparé en espérant que tout existe bel et bien ici.

Son frère ne suit pas la direction des plaines d'Abraham. Rebecca est étonnée de le remarquer. Il conduit une demi-heure supplémentaire et gare le véhicule à la lisière d'une forêt qu'elle ne connaît pas. A peine Rebecca reprend-elle ses esprits que Léopold lui intime de sortir, ce qu'elle fait avant de se raviser.

— Je ne vais certainement pas rester seule dans les bois ! A quoi joues-tu ?

— Ton séjour manquait de spontanéité !

— Je déteste…

— L'imprévu ! l'interrompt une voix familière.

Rebecca se retourne vivement contre Matthew. Son sourire lui fait oublier sa

brusque colère, sa peur surtout, et adoucit le froid mordant de décembre qui risque de les ankyloser s'ils ne bougent pas. Evidemment qu'elle déteste l'imprévu ! Mais ce mot résonne étrangement en elle. Léopold est déjà reparti sans un mot de plus, comme s'il n'avait été qu'un mirage dans ce brouillard neigeux.

Matthew tend la main à Rebecca et l'entraîne à vive allure sans franchir l'orée du bois. Elle regarde aux alentours et se rend compte qu'aucune voiture ne peut arpenter les sentiers sinueux menant, elle l'espère, aux plaines. Là où elle a l'intention d'emmener Matthew et le faire réagir. Enfin. Il semble lire ses pensées et s'exclame :

— Il n'y a que des chevaux qui peuvent s'y frayer un chemin !

— Mais…

— J'ai un peu changé nos plans, Rebecca. J'ai eu la sensation que c'était important. Je dois absolument t'emmener quelque part, moi aussi.

Ils s'arrêtent face à deux superbes chevaux à la robe blanche impeccable. Rebecca ne connaît rien aux équidés. Après quelques directives données par le propriétaire à Matthew, ce dernier enjoint Rebecca à se hisser. Elle n'est absolument pas équipée pour la circonstance et sent son humeur basculer. Elle avait tout prévu ce matin. Matthew balaye en quelques secondes ses projets. Et sans eux, elle risque de tout perdre ? Sa gorge se noue, mais elle parvient à contrôler son émotion. D'autant qu'elle a l'air idiot juchée de la sorte

sur un animal aussi terrifiant. Qui aime réellement les chevaux ?

La robe de Rebecca dissimule la scelle en cuir, ses jambes découvertes et déjà glacées. Matthew lui déplie une énorme couverture en fourrure et insiste pour qu'elle s'y enroule tout en maintenant les rênes. Elle ne doit d'ailleurs pas rester immobile sous peine de perdre l'usage de ses membres.

— Suis-moi, et tout ira bien. Nous ne sommes pas très loin. Tu me fais confiance ?

Sur ces mots, les montures se mettent au pas. Rebecca n'a pas dit un mot sur sa terreur de perdre la face, celle de tomber d'une telle hauteur et celle de se retrouver au milieu de nulle part. Elle ne maîtrise ni l'itinéraire ni le

temps. Ses mains se crispent sur les brides et elle inspire profondément. Son cheval est néanmoins docile, habitué de la balade. Rebecca n'a finalement aucun mal à suivre Matthew. Le silence est agréable. Seule la nature alentour les pare d'un chant mélodieux que Rebecca apprend à savourer. Les sabots qui déblayent la poudreuse, les frôlements des arbres à leur passage, les oiseaux encore en veine pour chanter. La silhouette de Matthew la réconforte, ses cheveux blonds dissimulés sous sa casquette en laine sont bien plus longs qu'autrefois, mais le reste n'a pas changé. Ses mains, en particulier. Elle les a tellement serrées, embrassées, caressées qu'elle les reconnaîtrait entre toutes. Ses pensées la remplissent d'enthousiasme et elle tente de chasser sa contrariété. Elle inspire de nouveau

l'air pur qui la rassérène et reprend contenance. Ils s'enfoncent dans les bois et elle n'a d'autre choix que celui d'avancer.

Quant à la confiance qu'il lui a demandée, elle est certaine de lui avoir cédé depuis toujours. Et soudain, tout semble plus doux, plus enchanteur dans ce décor incroyable. En effet, cela aurait été dommage de prendre la route principale, elle en convient. C'est au tour de Matthew de la guider et elle devient curieuse du lieu qu'il a choisi.

La montée dure plus de deux heures entrecoupées d'une conversation limitée lorsque Matthew propose à Rebecca de prendre leur déjeuner dans une étape tout près. Gelée, malgré la fourrure sur le dos, et affamée, la jeune femme accepte la proposition sans

oser demander où en sont de leur périple. Matthew lui assure qu'ils ne sont plus très loin mais que les chevaux doivent se reposer, et eux avec. Elle ne reconnaît pas les lieux et sa déception grandit. Elle est certaine qu'il a gâché leur chance en ne respectant pas son itinéraire. Mais comment le lui faire entendre ? Elle est même incapable d'être furieuse contre lui. Au contraire ! Sa présence lui procure une réelle euphorie et une quiétude qu'elle n'a jamais connues auparavant, même au temps où ils étaient ensemble. Matthew serait-il à ce point différent ? Et, d'ailleurs, est-ce bien lui ? Elle commence à douter. Ses réflexions se dissipent dès qu'ils pénètrent dans un minuscule restaurant d'où émane un fumet de viande cuite et de soupe brûlante. Les clients attablés les saluent, un sourire franc sur leur

visage rougi tant par le froid que par la chaleur de l'âtre au fond de la pièce.

Rebecca meurt d'envie de dévoiler ses projets à Matthew, quitte à briser les règles de Léopold en lesquelles elle ne croit plus. Si elle lui explique ses intentions, peut-être acceptera-t-il de modifier son propre itinéraire ? Elle est persuadée que rien n'a plus d'importance que ce qu'elle veut lui montrer. Mais elle se tait alors que Matthew évoque avec enthousiasme mille sujets de discussion comme un vieil ami recouvré, se délectant d'un ragoût de cerf délicieux, Rebecca le reconnaît.

Et tandis que Rebecca mourrait d'envie de repartir au plus vite, elle profite de l'instant, quelques verres de cidre de glace qui lui montent à la tête. Elle aussi voudrait se livrer à

des confidences, mais ses souvenirs sont flous. Elle n'a même rien à montrer, pas une photographie. Ici, elle n'est personne et cette amnésie la terrorise toujours. Qui est-elle, réellement ?

Dehors, le ciel s'assombrit déjà. Dans trois heures, il fera nuit, ils ont peu de temps avant de rentrer en ville. Ils reprennent la route, ragaillardis par le repas. Rebecca balaye tant qu'elle peut ce sentiment de désillusion qui lui échappe. Le soleil se couche désormais sur le Canada et la neige se remet à tomber, plus dense, plus forte. Rebecca se demande à quel moment Matthew se rendra compte qu'il faut quitter la route avant d'être bloqués. La frustration de n'avoir rien vu la secoue.

Puis, Matthew dirige son cheval une dernière fois et Rebecca aperçoit l'endroit qu'elle est venue lui montrer ! Elle s'apprête à l'appeler pour qu'ils fassent le détour, la coïncidence est trop belle, mais il s'arrête. Rebecca, surprise, manque de perdre l'équilibre. Elle sent sa gorge se nouer, ses mains trembler et sa poitrine étouffer sous le poids de l'affolement. Matthew l'aide à mettre le pied au sol, chancelante sous le froid et l'émotion.

— C'est ici, Rebecca, que je voulais t'emmener. Pardonne-moi si nous avons mis le temps, mais…

— Moi aussi, murmure-t-elle, bouleversée. C'est exactement là que je voulais t'emmener.

Ses yeux s'embuent de larmes qu'elle peine à retenir. Elle ne s'embarrasse pas de pudeur ou de décence et se jette au coup de Matthew. Le reste de la journée s'envole et Rebecca semble flotter dans cette poudreuse épaisse.

Face à eux, perdue dans les plaines enneigées d'Abraham au point où Rebecca a craint de ne jamais la retrouver, une petite chapelle éclairée dans la nuit. Ils attachent les chevaux aux montants prévus à cet effet et, main dans la main, s'approchent de l'édifice, le souffle coupé. Matthew pousse la porte délicatement tandis que des chants s'échappent déjà. La chorale de l'église est installée au fond de la salle, derrière l'autel, et pour l'occasion, les chanteurs ont revêtu des tenues d'un autre temps. Crinoline, capeline et

frac. Ils font s'envoler les notes lyriques dans une énergie prodigieuse. Matthew et Rebecca trouvent deux places au milieu d'une rangée à moitié vide. Personne ne semble les remarquer et ils se joignent à la communauté emportée par la fièvre du chant et des cantiques de Noël. C'est un rêve éveillé auquel Rebecca refuse de se soustraire. Elle serre le bras de Matthew pour que jamais plus il ne lui échappe et tente de se souvenir la dernière fois où *« Auld Lang Syne »* a résonné si fort en elle. Elle est persuadée que c'était ici. Dans cette église de bois sortie d'un si vieux conte, perdue au milieu de la forêt enneigée. Et tandis qu'ils chantent à l'unisson, la mémoire revient sans savoir laquelle. Celle de Matthew ? Celle de Rebecca ? Celle-ci ne pourrait en jurer tant son corps tremble de bonheur et d'évidence.

Matthew essuie une larme sur sa joue ronde, écarte une mèche de ses yeux émerveillés et emplis d'amour. Elle est incapable de détacher son regard et voudrait capturer le moindre trait de son visage.

Peut-être est-elle réellement morte, contrairement à ce que Léopold lui a dit ? Mais qu'importe si l'au-delà ressemble à ça ?

A ce moment parfait suspendu au-dessus de tout.

Ensemble. Aimants et aimés.

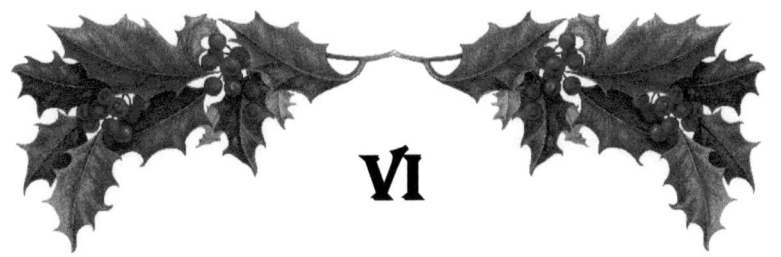

VI

La neige a recouvert tous les chemins à peine rendus praticables plus tôt dans la journée. A la sortie de l'église sans messe, car il n'y a eu que des chants de célébrations pour Noël qui approche, Rebecca et Matthew ont été happés par l'obscurité et le vent glacial. Ils n'ont aucun moyen de quitter les lieux désormais. Mais aucun des deux ne cède à la panique. Ils sont encore au milieu des fous chantant à rêver de l'impossible. Rebecca

ose demander à Matthew s'il connaît une route alternative, persuadée qu'il n'avait pas prévu la tempête du jour.

— Je m'occupe de chalets étapes à deux kilomètres ! s'écrie l'homme qui dirige la chorale. Avec ma femme, on accueille les voyageurs et on recueille ceux qui ne connaissent rien au climat d'ici. Vous êtes perdus et vous n'arriverez pas vivant en bas des plaines, pour sûr ! Prenez vos chevaux, je vous emmène.

Ferdinand, comme il se présente, leur propose de prendre une monture pour deux, qu'ils puissent se réchauffer en chemin en partageant leur fourrure et affronter la tempête qui prend une sacrée ampleur. Le vieil homme allume une lampe et enfourche le cheval de

Matthew. Il ouvre la marche. Rebecca est placée devant, la tête contre l'épaule de Matthew, soudainement lasse et épuisée. Elle sent ses bras autour d'elle qui se referment sur les rênes. A cette allure, elle n'est pas certaine d'atteindre le chalet avant deux jours ! Mais ils ne voient pas à plus d'un mètre et doivent leur salut à cet homme bienfaiteur.

L'aller jusqu'aux chalets paraît, lui aussi, se décrocher du monde. Rebecca ne s'est pas inquiétée pour Léopold venu la chercher, ou pour sa famille qu'elle sait irréelle, contrairement au froid qui la transperce. Ferdinand les dirige vers l'habitation principale et récupère les montures, elles aussi affamées. Il a l'habitude, leur répète-t-il, et ils ont

beaucoup de chance d'être entrée dans la maison de Dieu ce soir !

Matthew et Rebecca arrivent à hauteur de la réception où une femme plantureuse les reçoit avec douceur malgré l'heure avancée. A la vue de leur tenue et de leur mine grisée, elle comprend que son mari les a tirés d'un mauvais pas. Elle leur remet la clef d'un des derniers chalets restants, refusant l'argent de Matthew pour la nuit.

— Il y a de quoi vous réchauffer une tourtière, vous ne mourrez ni de froid ni de faim. Et je vous assure que sans mon bon Ferdinand, c'est ce qui vous serait arrivé !

Rebecca la remercie chaleureusement, aussi gênée que coupable de la situation.

Une fois à l'intérieur du petit chalet, Matthew allume la cheminée qui ne tarde pas à diffuser la chaleur dont ils ont terriblement besoin et enfourne la tourtière dans la cuisinière vétuste de l'entrée. Rebecca a ôté sa couverture en fourrure et s'est rapprochée de l'âtre. Etrangement, la situation lui semble presque naturelle et elle tente d'analyser les faits d'une journée hors du temps.

Ils sont venus pour les mêmes raisons, pour se remémorer un instant de leur histoire particulièrement fort. Ou qui doit l'être pour le revivre. A la lueur du foyer, Matthew est tel que Rebecca n'a cessé de se le rappeler. Mais ce soir, elle sent que l'atmosphère est différente. Ils ne jouent pas devant une tasse

de chocolat chaud, sur une piste de danse ou dans les rues enneigées du Petit Champlain.

Ce soir, ils sont bien plus réels qu'ils ne l'ont jamais été. Les yeux de Matthew percent ceux de Rebecca, quémandent une réponse qui brûle ses lèvres. Il est si près de comprendre, elle le sait, il est si près de retrouver la retrouver. Qu'attend-il ?

— Dans cette église, commence Matthew, quelque chose est arrivé. Tu vas me prendre pour un insensé, Rebecca, ce que je suis depuis que tu es là, mais…j'ai compris que nous n'étions pas ensemble par hasard.

— Sais-tu pourquoi nous sommes venus ici ?

— Je n'arrive pas à le deviner et ça m'effraie, car je sais que ce n'est pas anodin. Mais Rebecca, veux-tu que nous nous échappions de tout ensuite ? Oui, ne rentrons pas à Québec, tentons notre chance, ailleurs !

En guise de réponse, elle l'attire contre elle et l'embrasse à la déraison. Matthew tombe à genoux, surpris, et se laisse emporter par la fougue de Rebecca. Elle n'a aucun droit de lui donner la solution à ses réflexions, encore moins de lui livrer une histoire qui n'existe même plus. Et peut-être que les corps se parleront en silence. Peut-être qu'à travers leur étreinte, il entendra, enfin, et elle n'aura rien dit. Elle refuse d'accepter sa proposition. Elle a l'impression de l'avoir entendue autrefois.

Oui, elle a la sensation que ses mots sont familiers et la terreur la gagne. Partir ? Maintenant ?

Matthew attrape son visage et dépose, à son tour, un baiser sur sa joue, son front, ses lèvres, comme happé par la folie. Le corps de Rebecca tremble sous ses mains et il veut le posséder. Entièrement. Il n'a jamais senti un si grand affolement sous les caresses d'une femme et il est certain qu'elle ne lui est pas étrangère. Il est furieux et inconsolable à la fois. Rebecca ôte la veste de Matthew qui tente de défaire le haut de sa robe.

Il la veut nue. Elle le veut pour elle.

Matthew frôle la peau blanche de Rebecca qui frissonne à son contact tandis qu'il embrasse sa gorge et ses seins. Il a la terrible

impression de connaître la moindre parcelle de chair qu'il explore cette nuit et que ses gestes sont évidents. Matthew sent des larmes percer ses yeux clairs, incontrôlables et malgré la pénombre de la pièce, il voit celle de Rebecca leur faire écho. La jeune femme ne détache pas son regard de l'homme qu'elle aime tant, haletant de plaisir mais étouffant d'ignorance. Elle aussi n'a aucun souvenir tangible d'autrefois. Elle devrait se souvenir de cet endroit, de ce qu'il fait résonner en eux. Mais il n'y a que le brouillard dans son esprit torturé. Elle se noie sous les mains de Matthew, se perd en lui comme pour s'y laisser mourir enfin.

Devant les flammes de l'âtre, sur les fourrures qui les ont maintenus en vie, Matthew et Rebecca se retrouvent dans la

lumière de l'impensable, refusant de croire qu'une autre histoire est possible. Il n'y a que l'amour, la passion et l'abandon.

VII

22 décembre.

Rebecca ignore comment ils sont rentrés en ville après la tempête dans les plaines, mais la sensation d'euphorie, de béatitude, ne l'a pas quittée. Elle se sent revivre après des mois si difficiles à faire un deuil dont elle n'est pas capable. Et d'ailleurs à quoi bon y songer maintenant qu'il est là ?

Au petit jour du lendemain, Rebecca et Matthew ont remercié leurs hôtes et pris la route. L'alchimie de la veille les a accompagnés tout au long du retour, grisés par la nuit d'exception qu'ils ont passée l'un contre l'autre.

Et pourtant, la magie n'a pas opéré. Rebecca en est terriblement contrariée. Confuse, plutôt. Quoi de plus fort que l'amour pour balayer les incertitudes et rendre à l'amour son véritable nom ? Alors ils ont chevauché leur monture pour rejoindre un semblant de réalité.

Rebecca a été surprise de ne recevoir aucun sermon, à peine une inquiétude, de la part de ses parents ou de Léopold. La vie a suivi son cours et ils ont l'air de ne s'être aperçus de rien.

Elle pourrait devenir folle si elle ne craignait pas de l'être déjà.

Descendue au salon pour le déjeuner, Rebecca salue Hannah, calfeutrée dans un fauteuil confortable, le dernier encore en place. En vue du bal du réveillon, les meubles ont été déplacés pour accueillir le mobilier d'appoint. La jeune femme sent l'effervescence à travers les installations et à l'idée qu'elle valsera, aussi mal que possible, au bras de Matthew, la renverse de bonheur.

Leur moment arrive peut-être, enfin !

Pour célébrer l'instant, Rebecca se met à fredonner un des cantiques entendu dans la petite église enneigée, se retenant de tournoyer comme une enfant. Elle sursaute de la sonnerie qui retentit dans le hall. Ne voyant pas Cora se

précipiter à la porte pour accueillir le visiteur, Rebecca s'autorise à ouvrir, bien étonnée de recevoir Philibert. Elle a conscience que leurs rapports sont embarrassants sans pouvoir les expliquer. La première fois qu'ils se sont vus, elle s'est jetée dans les bras de son neveu à la vue de tous sans retenue, par la suite, ils n'ont eu de cesse de se fréquenter loin de la tradition, selon lui. Mais il y a autre chose, elle le perçoit nettement.

— Votre père et moi avions rendez-vous ce matin, annonce-t-il ;

— Il n'est pas descendu, je le préviens. Savez-vous si Matthew a fait bon retour hier, s'il a… ?

— Hier ? Oui sans doute, j'ai dû l'apercevoir au salon. Mais je crois qu'il

prépare ses bagages, et j'étais d'ailleurs venu l'excuser auprès de vos parents, car il ne viendra pas au bal de Noël demain.

— Comment ?

— Je crois que l'agence a besoin de lui. Vous savez, les affaires ! Il est sûrement en route à cette heure-ci ! Il ne vous a pas dit ?

— Philibert ! les interrompt Georges en descendant l'escalier.

Rebecca est éclipsée en un instant. Un vertige et des questions en suspens. Son père ne se préoccupe que de son ami et l'invite à passer au petit salon. Brusquement, la jeune femme attrape son manteau dans le vestibule et fait claquer la porte d'entrée. Elle doit retrouver Matthew pour qu'il lui avoue que son oncle ment. Il sera là au bal, il n'a aucune

intention de partir après…ce qu'ils ont vécu. D'autant qu'il lui reste encore deux jours.

Rebecca s'engouffre sur le chemin menant au centre-ville où ils ont passé des moments privilégiés depuis leurs retrouvailles. Elle n'a aucune intention de prendre la voiture de famille, elle n'en a d'ailleurs pas le droit, et suit la neige des trottoirs. Les festivités de Noël battent leur plein, les flâneurs ont l'air si enthousiastes à l'approche du réveillon et ne remarquent pas l'angoisse de cette jeune femme hors du temps qui perd ses repères à mesure qu'elle avance. Elle ignore bien où peut vivre Matthew. Elle n'a jamais demandé.

Ses pas semblent la mener vers *« Chez Jimmy »*. Elle pourrait demander au gérant s'il en sait davantage et l'aider à retenir Matthew.

Oui, c'est la meilleure solution qui s'offre à elle. Elle remonte sa cape contre le vent glacial avant de s'arrêter net devant la fenêtre du bar.

Il est là.

Son cœur bondit de bonheur avant de se serrer.

Il n'est pas seul à la table qu'ils ont partagée quelques jours plus tôt. Rebecca est bousculée par une famille affairée à leurs emplettes. Elle est immobile, incapable de détacher ses yeux des jeunes gens. Et elle reconnaît la femme qui l'accompagne. Non seulement, Matthew est encore là, bien qu'elle distingue une valise au pied de la table. Une valise qui n'a plus d'importance maintenant. Ils ne l'ont pas vue et conversent d'un ton léger, badinant presque dans ce lieu où tout a presque recommencé.

Lorsqu'elle a la certitude de celle qui a pris sa place, Rebecca vacille. Elle se retient de justesse au lampadaire et manque d'étouffer. Que faite ? Rentrer faire un scandale ? Le confronter ? Cela n'a aucun sens. Comment peut-il la trahir maintenant ? Ces deux personnes n'ont absolument aucune raison de se trouver ensemble et Rebecca a conscience qu'elle n'a pas revu cette femme depuis des années.

Son nom lui revient subitement : Mathilde Barks, mais le reste est encore flou. Elle est enfin certaine de rêver. L'incohérence de la scène n'a aucune explication.

— Les règles ont changé. Tu les as changées, la surprend Léopold.

Rebecca sursaute et manque de glisser sur l'asphalte gelé.

— Pourquoi ?
— Je l'ignore, mais j'ai été clair avec toi, tu avais jusqu'au 24 décembre, Matthew devait être au bal. Je me retrouve au même point que toi, Rebecca.
— Tu mens !
— Sais-tu ce qui s'est passé cette nuit-là ? demande-t-il soudain.
— Cette nuit-là ?
— La nuit avant qu'il disparaisse.
— Ça n'a rien à voir avec Mathilde Barks !
— Regarde mieux !

Rebecca est furieuse et refuse d'en écouter davantage. L'image de Matthew hante ses

pensées et la douleur n'est plus aussi sourde que les heures précédentes. Les mots de Léopold s'insinuent dans ses veines qu'elle pensait glacées par le deuil et le chagrin. Elle s'oblige à les observer, la gorge nouée et les larmes au bord des yeux.

Elle comprend.

Entre un souvenir de sa réalité et celui de leur soirée, l'un contre l'autre, perdus au milieu d'une neige immaculée et des promesses laissées en suspens, Rebecca recouvre un brin de mémoire. Ses mains dans les siennes, son étreinte, cette impression de vérité absolue, cette impression que tout était possible et que rien ne viendrait briser l'impensable. Le flou semble se dissiper sur cette fameuse nuit que Léopold connaît mieux qu'elle, visiblement.

Léopold la regarde s'accrocher aux parcelles d'images qui tourbillonnent dans sa tête et lui pose une dernière question.

— Sais-tu pourquoi tu es là, Rebecca ? Pourquoi ici particulièrement ?

Elle lève les yeux vers le château Frontenac comme au premier jour.

Oui, Matthew et elle sont venus au Canada dans le but de changer de vie. Quitter la grande mégalopole dans laquelle ils s'étaient enlisés depuis des années, bruyante et sans avenir pour Matthew, était leur opportunité. A l'époque Matthew n'était pas un publiciste, mais un journaliste ambitieux et créatif. Dès leur rencontre, Rebecca savait qu'il faudrait le suivre dans ses déplacements, d'autant que sa

propre carrière ne dépendait d'aucun bureau permanent. Ils étaient libres. Ils avaient tout. Mais elle avait peur. Le changement et l'imprévu. La précarité de l'avenir et l'éloignement de leurs proches l'avaient terrorisée.

Matthew avait emmené Rebecca visiter les locaux du journal qui voulait le recruter, arpenter la ville pour l'apprivoiser, trouver une maison plus grande, plus pure pour le futur qu'ils pensaient construire alors. Rebecca n'arrivait pas à se décider. C'était trop tôt, trop soudain, trop incertain. Elle ne pouvait pas. Encore une fois. Pour clore leur séjour, Matthew avait réservé un chalet dans les plaines d'Abraham et ils avaient découvert cette petite église chantante à la tombée de la nuit.

Ce qu'ils ont vécu deux jours plus tôt, n'était qu'une répétition de leur histoire.

Rebecca porta une main sa bouche et laissa ses sanglots s'échapper.

Elle n'avait pas l'intention d'offrir la liberté dont Matthew avait besoin pour vivre heureux, cette liberté qui l'effrayait tant. C'était toujours elle qui disait non à tous leurs projets, aussi minces soient-ils. C'était elle qui s'accrochait à lui par peur d'un abandon. Elle n'était pas prête à bouleverser une routine si bien parfaite.

A leur retour du Canada, ils s'étaient disputés comme jamais ils ne l'auraient cru possible à leur rencontre. Matthew ne pouvait décliner une telle offre, elle devait le comprendre, pour une fois. Il la suppliait de prendre le risque. Même de le perdre si leur chemin venait à se séparer là-bas. La vie est un

jeu. Aucun ne sait ce qu'elle leur réserve, mais Matthew est certain que de la regarder filer est une erreur.

— Tu as décliné sa proposition ? la questionne Léopold. Celle qu'il a réitérée au chalet ?

Comment est-il au courant de ces mots prononcés au creux d'une oreille, au creux d'une nuit où l'amour avait semblé tout remporter ? Rebecca acquiesce en silence, ayant sous-estimé sa demande, comme à son habitude. Elle avait manqué sa seconde chance. Elle avait tout gâché.

— Qu'est-ce que Mathilde Barks fait là ? Quel est le rapport avec nous ?

— C'est son associée chez *« Beth & Darcy »,* et ils devraient se fiancer avant le printemps. Ils voyagent souvent. Matthew a une vie indépendante de la tienne ici. Il n'a pas attendu que tu reviennes, tu sais. Il ignore d'ailleurs qui tu étais avant ça.

— Ce qui est arrivé n'était pas dans ton scénario, n'est-ce pas ? Mathilde Barks, bordel ! C'est un cauchemar !

— Depuis que vous avez passé la nuit ensemble, je n'ai plus aucun contrôle. Ce n'était pas prévu.

— Que dois-je faire ? Donne-moi du temps !

— Ce n'est pas le contrat, je suis désolé.

Rebecca dévisage Mathilde Barks, sublime dans sa robe moutarde et sa coiffure aux

rouleaux impeccable. Contrairement à elle, elle ne détonne pas ici. Elle est partie intégrante du décor. Elle semble si heureuse en cet instant, et Matthew accompagne son enthousiasme, elle le voit. Sa dernière confrontation avec Mathilde a un goût amer. Ancienne collègue, puis amie, elles avaient dû se séparer suite à une jalousie excessive. Rebecca ignore soudainement qui en était la victime ? Mathilde rêvait de son idylle avec Matthew. Rebecca ne s'était pas rendu compte de l'amour qu'il lui portait et que tout le monde lui enviait. L'homme parfait n'existe pas, mais cet homme est parfait pour elle. Puis Mathilde a tout fait pour se rapprocher du couple modèle. Elle a été engagée dans le même journal que Matthew. Elle l'a fréquenté chaque jour aux dépens de Rebecca, elle l'a poussé dans ses

limites de fidélité. Elle a tout tenté pour les détruire, Rebecca la première.

En y songeant enfin, Rebecca se rend compte que Matthew la protégeait de cette femme et l'avait déjà mise en garde quant à leur amitié hypocrite. Elle ne l'avait pas entendu. Elle est certaine qu'en voulant rejoindre le Canada, changer de vie, il voulait la mettre à l'abri. Des sensations reviennent et elle se revoit pelotonnée sur le canapé, rongée par la relation toxique qu'elle entretenait avec cette femme. Matthew n'était pas inconscient. Au contraire, il avait compris avant tous les autres. Sous couvert d'une carrière, il avait tenté de retirer Rebecca des griffes de Mathilde et elle n'avait rien compris.

Refusant d'en voir davantage, Rebecca abandonne Léopold et s'éloigne de la vitre. Elle chancelle sous le poids de ces révélations. Ses pas sont ralentis par la neige mais sa tristesse l'empêche de s'arrêter. Chagrine et furieuse à la fois, Rebecca souhaite se réveiller, s'échapper de cet endroit où elle a atterri sans crier gare, au milieu d'une foule de gens incohérents. Elle se sent trahie et humiliée. Et pourtant, elle a conscience que tout est de sa faute.

Elle se sent trahie. Anéantie de l'avoir manqué de nouveau.

— Rebecca ! Rebecca !

Elle ne porte pas attention à la voix étouffée par le vent. Mais son prénom résonne encore

sur la promenade Dufferin. Matthew est essoufflé. A peine l'a-t-il aperçue qu'il a couru à sa poursuite ! D'instinct, il a voulu la rattraper, mais elle n'a pas semblé l'entendre.

— Rebecca, attends, je t'en prie !

Elle se retourne, les joues rougies par le froid et les larmes aux yeux. Elle aimerait que la magie ait disparu en regardant Matthew se précipiter à sa rencontre. Elle aimerait lui dire *« stop »*, lui dire *« rien de tout cela n'existe »*. Qu'a-t-elle à perdre en rompant un contrat que plus personne ne connaît ? Que peut-il bien lui arriver de pire que de revivre, encore, la perte de Matthew ? Tant par la mort que par la trahison.

— Je dois rentrer à Montréal aujourd'hui. Je n'ai pas eu le temps de te prévenir.

— Pas eu le temps ? Comme d'habitude ?

— Qu'est-ce que tu veux dire ? Nous venons seulement de nous retrouver…De nous rencontrer. Mais j'ai voulu tout quitter, avec toi, dans ce chalet extraordinaire. J'ai voulu tenter l'impossible, mais tu as refusé. Tu as peur de l'engagement, ça se voit, et pourtant, je ne suis personne pour te juger.

— Si je t'avais dit oui, serais-tu resté ? demande-t-elle, les sanglots dans la voix.

— Oh, Rebecca ! Bien sûr. Mais c'était trop tôt pour nous, pour tout ça. Je suis terriblement désolé de cette histoire. Je n'ai pas été honnête, car j'ai tout oublié à tes côtés. Pour la première fois, je me suis senti

heureux et à ma place. Je me suis senti complet.

Ses paroles font écho à ses yeux qui brillent sous le froid de Québec. Il tente de se convaincre que Mathilde l'attend et qu'il doit l'épouser dans quelques mois alors que Rebecca a bouleversé sa vie. Mais il ne sait absolument rien d'elle hormis ce qu'elle a pu lui montrer au cours des dernières semaines, c'est-à-dire bien peu. Elle se sent impuissante de ne pouvoir reprocher ou se voir reprocher des faits dont il n'a aucune connaissance. La double peine.

— Je dois rentrer chez moi, explique-t-il. La voiture nous attend.

— Tu vas encore quitter ma route, n'est-ce pas ? C'est trop tard ? Dis-le-moi, je veux l'entendre !

Elle se tait. La voiture « *nous* » attend. Elle a l'horrible sensation que le terme est inapproprié et sa réponse est irréelle.

— Oh, j'ai tellement l'impression de te connaître, Rebecca. C'est de la folie. Ensemble, j'ai cru que tout était possible. Pardonne-moi, je n'avais pas le droit de m'imposer comme ça.

Elle pourrait se jeter à son cou, l'embrasser. Le retenir. Lui interdire de monter dans cette voiture qui l'emmène définitivement. Mais elle ne réplique rien et reste paralysée en le

regardant s'en aller. Elle n'a pas la force de lui demander l'impossible, comme il le dit. Elle n'en a pas le droit. Elle vit dans une illusion, son temps ici est compté alors que le sien semble éternel. Elle trouve l'expression injuste et douloureuse. Pourquoi être revenue ici pour le voir l'abandonner de nouveau ?

Puis elle se rend compte que c'est sans doute la meilleure chose à faire. Elle n'a aucune idée de ce qu'allait lui réserver le 24 décembre. Peut-être allait-il mourir une seconde fois à ses côtés ? Peut-être est-elle la source de son malheur et sa prison ? Avec Mathilde, cette Mathilde qu'elle espère plus sincère, il vivra heureux. En renonçant à Matthew, elle lui offre une chance de bonheur, n'est-ce pas ? C'est aussi ça l'amour.

Son chagrin, elle aura tout le reste de sa vie pour l'affronter.

Rebecca cherche Léopold. Elle aurait aimé qu'il débarque comme à son habitude et la ramène à la maison. Mais elle est ensevelie sous un amas d'émotions terrifiantes. Elle se noie sous la culpabilité et la déraison. Elle veut hurler, frapper le sol de ses pieds gelés, rattraper Matthew même s'il est déjà trop tard et que c'est féroce. Les yeux obscurcis par les larmes, Rebecca observe les blocs de glace glisser à la surface du Saint-Laurent. Il n'y a plus rien à sauver, si ce n'est elle-même, de cet endroit cruel.

Puis son attention se porte sur un cinéma où se pressent des amateurs. Rebecca examine

l'enseigne qui nargue les passants, le guichet planté au milieu de l'entrée et les affiches des dernières productions en technicolor. C'est alors que le titre de la séance, haut comme deux corps d'hommes, fait imploser son cœur. Elle entend, pour la première fois, ce qui l'a projetée en cette drôle d'année 1954. Matthew n'a donc pas fini de la surprendre.

"Une étoile est née".

Décembre 1954, la sortie mondiale de ce film oscarisé, à la musique mémorable et aux acteurs fabuleux. Rebecca ferme les yeux sous un flash aveuglant. Ce film, ils l'ont vu cent fois. Il a scellé leur amour après le drame familial de Rebecca qui l'a contrainte à craindre l'abandon au point de ne pas s'installer au Canada avec Matthew. Elle se rappelle l'histoire la perte de ce grand amour parti trop

vite, alors que les feux des projecteurs n'étaient que pour la belle Esther.

Matthew et Rebecca ont tant pleuré les soirs de Noël, leur rituel qui supplantait le réveillon traditionnel. Leur façon de se dire qu'ils ne se quitteraient jamais, eux. C'était bien avant qu'il ne rompe la promesse. Et Rebecca s'accroche à la barrière de la promenade sous peine de chanceler définitivement.

Elle veut davantage de détails. Elle n'a que les émotions et l'absence qui ressurgit. Un bref regard pour Léopold qui semble s'être évaporé, Rebecca s'engouffre dans la salle obscure et s'installe dans un fauteuil rouge, prête à attendre que Matthew revienne à son tour, laissant ses larmes noyer son manteau et son esprit. Elle n'est pourtant pas prête à rendre les armes. Pas maintenant.

Mais les scènes se déroulent bien trop vite et le malaise de Rebecca grandit. Inexorablement. Judy Garland et James Mason n'ont plus l'effet salvateur de sa jeunesse. Sa tête bourdonne Son ventre se fend de douleur et elle croit succomber sur ce velours sale d'un mal violent et indétectable. Elle se met à trembler, secouée de sanglots. L'image d'une voiture lancée à vive allure puis celle d'un verglas en bord de route la parasitent. Un soubresaut la saisit lorsque le choc se rappelle à sa mémoire vive. Une collision. Et le vide.

Rebecca est incapable de calmer ce cri de détresse qui résonne dans sa tête, ce déchirement d'horreur qui l'étouffe. L'angoisse et l'abandon. Les paupières closes, elle capture les sensations insupportables, mais familières, de cette prompte réminiscence. Des

sensations vécues il y a quelques mois seulement. Un an tout au plus alors que Rebecca parvient, enfin, à les rattacher à sa réalité. Elle dégringole.

Elle doit retrouver Matthew. Maintenant et avant qu'il ne soit trop tard. Elle sait exactement ce qu'il s'est passé et elle doit le lui dire. La jeune femme emporte toutes ses rêveries avec elle en murmurant le prénom de Matthew. La mort du héros sur grand écran fait écho à celle de Matthew, mais plus personne ne l'entend. Rebecca défaille. Elle l'a perdu : deux fois. Elle doit l'accepter.

La lumière plonge et plus rien ne rayonne.

VIII

Haletante et en sueur, Rebecca se réveille entourée de ses édredons blancs. Une main sur son front, elle sent la fièvre galvaniser son corps. Un faible coup d'œil à sa chambre.

24 décembre 1954. Rien n'a changé et elle ignore où sont passés les deux derniers jours. Les images du cinéma bruissent encore et Rebecca a cru, littéralement, mourir ce soir-là.

Matthew n'est certainement plus là. Elle le sent et sa douleur, plus sourde, l'aide à retrouver le sommeil. Elle n'a aucune envie de se lever désormais. Dormir à son tour, pour toujours, lui semble la solution idéale. La seule issue, même. Rien de tout cela n'est réel. Rien de tout cela n'est possible. Elle doit pouvoir s'extraire de ce cauchemar. A la vue de la nuit tombée et des flocons qui caressent ses fenêtres, elle ferme les yeux en espérant être de retour chez elle, à l'aube, et cuver l'absence de Matthew comme tous les jours depuis un an. Oublier surtout ce qu'elle vient de vivre. Elle se pelotonne sous la couverture et laisse son chagrin se répandre sur l'oreiller. Demain, se dit-elle, ce sera terminé.

Mais le soleil couchant qui inonde sa joue n'est pas celui qu'elle a attendu. Et ce n'est pas Cora qui la tire du lit cette fois. Léopold se tient près de la table de chevet et fait sursauter la jeune femme qui pousse un hurlement de stupeur. Elle a l'impression que la journée est passée, que son sommeil a été aussi lourd qu'un coma. Il le lui confirme. Epuisée et en proie à cette mélancolie qui s'accroche, Rebecca l'implore de quitter cet endroit.

— Tu vivras sans lui, Rebecca.
— Je n'en suis pas capable, réplique-t-elle. Je n'en ai jamais été capable. Ma peur de l'abandon a tout détruit. Tout est de ma faute, Léopold.

— Ce sont des idioties. Tu pourras vivre sans lui, Rebecca. Tu en as la force. Tu en as déjà eu assez pour venir jusqu'ici.

— Je ne sais pas pour qui tu me prends, mais je ne suis pas celle que tu imagines. Je suis lâche ! J'étais terrorisée à l'idée que nous changions de vie tout simplement parce que je n'avais confiance en rien, et surtout pas en moi.

— Matthew fait partie de toi et pourtant, tu l'as laissé partir pour qu'il soit heureux, même si ce n'est pas à tes côtés. Quelle plus belle preuve d'amour que celle-ci, Rebecca ? Renoncer, dans la mort, à l'homme que l'on aime ? Il en faut un sacré courage ! Il ne t'a pas laissée sans ressources, il les a décuplées. Tu en avais beaucoup avant de le rencontrer, qu'importe ce que tu en dis.

Oui, vous étiez parfait ensemble, mais tu seras parfaite pour honorer sa mémoire chaque jour qui passe, j'en suis persuadé.

— Qu'attends-tu de moi ?

— Profitons déjà de tes dernières heures parmi nous, qu'en dis-tu ? Il y a un bal qui nous attend. Enfile ta robe !

Léopold lui tend la main. Rebecca s'exécute et sort péniblement de sous les couvertures, convaincue qu'elle est prête à rentrer chez elle ce soir. Il le faut. Affaiblie, Rebecca laisse Léopold lacer le dos de sa robe en velours rouge que Cora a préparée pour l'occasion, puis l'aide à boucler ses cheveux et à nouer ses bottines. Un peu, et le rose de ses joues, rehaussé par la fièvre, lui donne l'air adouci. Presque lumineux. Il a raison : elle sera parfaite

pour se souvenir de Matthew tout le reste de sa vie. C'était donc cela la leçon ? Transmettre, garder leur histoire sans l'oublier ?

Elle n'est pas venue le sauver. Elle est venue dire au revoir pour apprendre à vivre dans son absence et exister sans lui.

En descendant l'escalier, Rebecca se souvient de la première fois où ses pieds ont foulé les marches. Elle se souvient s'être jetée dans les bras de Matthew devant une famille qui inconnue. Plus rien n'a alors compté et l'image de ses yeux bleus l'oblige à tenir la rampe. Ce soir, la décoration est d'autant plus somptueuse que l'atmosphère est chargée d'une féerie que Rebecca ne trouve plus si

amère. Elle a eu une chance incroyable. Elle le sait.

Les guirlandes scintillent sur l'encadrement des portes, sur les balustrades, sur le manteau de la cheminée. Puis la cohue des invités enjoués bouscule la jeune femme. Ils chantent. Ils boivent. Ils apostrophent des amis. Ils ne la regardent même pas. Sa famille badine d'amis en amis, une coupe de champagne à la main, le rire franc. Rebecca se mêle à la foule, invisible qu'elle est. Les tissus se frôlent. Les notes de l'orchestre, venu pour l'occasion, grimpent sous le toit de la salle de bal. Elle imagine disparaître à mesure que ses pas l'entraînent en milieu des convives. Elle contemple des couples qui valsent sur des cantiques de Noël arrangées pour l'occasion. Leurs toilettes superbes qui égayent l'assemblée. La neige

glisse sur les carreaux des immenses baies et les lumières les enveloppent avec splendeur.

Rebecca a soudainement envie de laisser échapper un cri de rage jusqu'à ce que Léopold se retrouve à ses côtés. Elle ne le regarde pas sous peine de vouloir le frapper. Elle en serait capable. Son attention s'évanouit.

Alors son cœur se met à battre plus fort que d'ordinaire. Entre les battants de la porte principale, au centre des hôtes, Matthew apparaît, l'air affolé, le manteau couvert de poudreuse, des mèches indisciplinées sur son front, ses yeux cherchant celle pour qui il a tout défié. Rebecca manque de suffoquer. Un violent mal de tête s'insinue tandis que Matthew s'avance. Il ne l'a pas vue. La jeune femme retient ses larmes et son soulagement pallie sa détresse.

Il est revenu.

Rebecca se tourne vers Léopold qui lève son verre en s'exclamant :

— Il a prouvé que votre amour est aussi fort que l'éternité. Il a prouvé que tu étais la seule à pouvoir l'aimer à ce point.
— Et à lui dire au revoir, souffle-t-elle.
— Tu sais qu'il ne restera pas, n'est-ce pas ? Il a été sauvé cette fois-ci, il est revenu, contre tous, mais il n'est qu'en sursis. Il n'est pas dans ta réalité.
— Quelle réalité ?

Sans attendre sa réponse, elle se précipite vers Matthew qui lui ouvre les bras et manque de basculer en l'accueillant. Rebecca se réfugie dans son cou. Les lumières et les regards sont

braqués sur eux. Qu'importe ! Elle l'étreint à étouffer et pleure contre lui. Matthew sent ses jambes se dérober mais retient celle pour qui il n'est jamais monté dans la voiture de Mathilde Barks alors qu'il neigeait tant.

Dès lors que Matthew a ouvert la porte de la Chevrolet rouge, une brusque douleur dans la poitrine l'a empêché de poursuivre. Un sentiment de déjà-vu et un vide immense au fond de sa poitrine. Puis l'image de Rebecca l'a définitivement sommé de la rejoindre ici. Matthew n'explique rien. Cela fait des semaines qu'il n'explique plus rien !

Poussée par l'euphorie, Rebecca invite Matthew à valser entre la foule. Leurs pas s'accordent à ceux des danseurs en piste. L'harmonie les ceint avec tendresse. Le

tandem est surprenant. Les applaudissements s'élèvent dès la fin du morceau et, soulevée par le bonheur soudain, Rebecca profite du répit pour entraîner Matthew hors de la maison.

Les températures glaciales et l'obscurité la galvanisent. Ses doigts emmêlés aux siens, Rebecca court à travers la propriété avant de s'arrêter près du lac gelé. La nuit de Noël est claire. Magique surtout. Il s'arrête et s'éclipse quelques minutes qui paraissent une éternité. La jeune femme ne le distingue plus dans la pénombre et elle empêche l'angoisse l'étrangler.

— Quand nous nous sommes rencontrés, j'ai promis de t'apprendre à patiner. Je voulais le faire dans les plaines, mais nous avons été pris de court. Quelque chose me

dit que c'est important, et que c'est le moment idéal, non ?

— Comment sais-tu que…

Un brusque souvenir lui fait perdre la réponse. Elle aimerait lui dire que la dernière fois qu'ils ont grimpé sur des patins, ensemble, cela a failli mal tourner, mais elle n'en a pas la certitude. Ils enfilent leur équipement et arpentent le lac gelé à la recherche d'une sérénité impossible alors. Les étoiles brillent en cette nuit de Noël, les cheminées alentour fument, la musique de la salle de bal est à peine perceptible malgré les fenêtres grandes ouvertes.

Étrangement, elle est à l'aise et une sensation familière chauffe sa peau. Elle imagine Hannah éclater de rire en les voyant

déambuler de la sorte. Mais contre Matthew, Rebecca frisonne. Elle refuse de penser que l'eau est à quelques centimètres de ses lames. C'est étrange, car cette scène, elle l'a vécue sans être capable de s'en souvenir. Elle est oppressée et enserre la main de Matthew. Elle le croit brusquement en danger. Pourtant, elle est certaine d'avoir été là, un jour. Elle se concentre sur l'homme qui valse sur une glace somme toute fragile, qui sort, sinon d'un rêve, d'un miracle. Leur lien est indéfectible. Il est parfait.

Rebecca s'arrête subitement et pose une main sur la joue froide de Matthew avant de l'embrasser. Réellement. Le baiser est alors bien différent de tous ceux qui les ont précédés. Il illustre l'amour véritable et la peur.

L'absence et la déraison. L'abnégation. Les images affluent dans son esprit fatigué.

La voiture qui s'écarte de la route, crisse sur la glace et plonge dans un lac glacé dont personne ne pourrait s'échapper.

Les cris.

Les sirènes des ambulances et l'officier de police qui la tire de son réveillon gâché.

Rebecca tente de balayer ses souvenirs dont elle ne veut plus, mais la douleur de l'annonce et le deuil, qu'elle n'a finalement jamais réussi à faire, l'empêchent de tout. Elle n'oublie pas l'accident de Matthew et l'injustice. L'amour de sa vie emporté dans sa trente-cinquième année, à cause d'un verglas qui n'a pas tenu le choc face au poids du véhicule. L'amour de sa vie emporté pour avoir voulu faire demi-tour de son entretien d'embauche à des milliers de

kilomètres, se réconcilier d'une dispute terrible et lui promettre d'oublier sa folie d'expatriation. Matthew était prêt à tout pour le bonheur. Et son bonheur, c'était Rebecca. D'autant qu'en cette veille de Noël, il n'allait pas manquer leur rituel. Il allait la retrouver, la protéger d'une autre manière et lui demander sa main après ce film qu'il n'aimait peut-être pas autant qu'elle, mais qui le réconfortait.

Rebecca est de nouveau transpercée par la culpabilité et la détresse malgré la douceur de l'instant. Elle sait qu'elle n'est pas prête à le sauver, qu'elle n'a d'ailleurs pas été envoyée pour cela, mais elle y croit. Elle y croit terriblement et se repaît de sa présence. Avide. Inconsolable. Matthew s'écarte tendrement et s'exclame :

— J'ai su que je ne pourrais pas vivre sans toi, Rebecca, et que je n'ai jamais su. Qu'importe où nous allions !

— Me reconnais-tu ? répond-elle, suppliante.

— Comment te mentir davantage ? sourit-il. Nous resterons ensemble désormais. Où que nous soyons, quoique nous ayons fait, nous resterons ensemble ! Je t'aime, Rebecca et je ne te l'ai pas dit cette nuit-là. Je ne te le l'ai plus jamais dit.

Rebecca sait que Matthew a, lui aussi, prouvé son amour en ne suivant pas Mathilde Barks. Et leur baiser de retrouvailles, de leurs vraies retrouvailles, est le seul pouvant le faire revenir à elle, un instant.

Certes, elle n'a aucun moyen de savoir si ce serait toujours le cas, s'il pourrait toujours la retrouver ou si l'histoire finirait par se répéter. Mais elle a la certitude qu'elle n'aura pas la force de revivre sa disparition durant un temps infini. Car qui sait ce qui adviendra au prochain Noël ? Ils se sont aimés n'importe où, n'importe quand. Ils ont profité de chaque instant, et pour la première fois, ils n'ont rien considéré comme acquis. Rien n'est acquis, certainement pas l'amour.

Alors, elle accepte l'impensable. L'abandonner ici. Heureux qu'ils sont de s'être retrouvés. Elle est prête à lui dire au revoir, sans retour et sans remords. Reconnaissante pour cette seconde chance.

La jeune femme continuera seule désormais. Ces quelques semaines inespérées à ses côtés auront suffi à pallier le chagrin de celles qui suivront. Son regard pour Matthew dit tout ce qu'elle laissera au silence et son baiser lui confère la force d'en finir. Brusquement.

Ils entendent la glace se fendre, légèrement, puis craquer sous le poids de leurs corps enlacés. Ce bruit signe la fin d'un rêve, mais pas du leur. Rebecca n'a que quelques secondes pour agir et elle sait parfaitement ce qui arrivera. La glace crisse davantage autour d'eux. Elle doit mettre Matthew à l'abri sous peine de l'emporter avec elle. Cette nuit, ce n'est pas la voiture qui se retrouvera au fond

du lac. Elle a une chance, une seule chance, de changer la donne.

D'un geste féroce, avec une force surgie de nulle part, elle le pousse au plus loin que ses patins pourront le maintenir en équilibre. Il chute près de la berge tandis que la fissure s'accroît. Le silence qui précède les tragédies est réel. Mais Rebecca n'a plus peur.

Il mourra de nouveau par sa faute si elle reste. Il n'y a aucune autre issue possible.

Rebecca sait qu'elle affrontera l'absence avec courage maintenant. Son esprit est enlisé de cette obsession qui frôle l'insanité. Léopold la tire de ses rêveries, comme à son habitude, et lui tend une main qu'elle refuse. Elle chancèle sur la glace et entend Matthew

scander son prénom. Il ne doit pas tenter de la sauver. Ce n'est plus son tour.

— J'aurais voulu le garder avec moi pour l'éternité, mais il n'y a aucune alternative pour nous, pas vrai ? Me promets-tu qu'il survivra ici, si je m'en vais ?
— Tout est possible la veille de Noël, Rebecca. Absolument tout.

Et sans avoir pleinement conscience de sa réalité, sans avoir la certitude que cette vie n'était pas la sienne et qu'elle a vécu un rêve éveillé, Rebecca regarde la glace s'ouvrir sous ses pieds avant de plonger dans les eaux glaciales du lac.

Sa plus grande folie. Sa plus grande preuve de courage. Ce courage dont s'habillent les fous.

Le froid pénètre ses membres qui s'ankylosent. Sa pensée est pour Matthew. Son cœur est lourd, mais juste.

Et elle aperçoit les lumières d'une ville s'éteindre pour eux en sombrant par amour.

Léopold a raison, elle a un sacré courage !

IX

Rebecca sort brusquement la tête de son bain, hors d'haleine.

Au bord de la noyade, elle tente de se redresser dans sa baignoire, les mains sur ses yeux fatigués. Elle ne dort plus depuis des semaines et, à l'approche de Noël, l'insomnie est couplée de larmes qu'elle croyait alors taries depuis longtemps. Elle porte une main à son front, confuse de ce qu'elle sait être un cauchemar. Mais tout a semblé vrai. En

l'espace d'un moment, elle s'est retrouvée contre Matthew tandis qu'il n'est plus là.

Elle se sent bien ridicule. Elle attrape le peignoir accroché à la patère et quitte la salle de bain en vitesse. Elle est certaine d'être revenue chez elle et que ce rêve a un goût particulier. Ses souvenirs sont tangibles, son comportement rationnel, et l'illusion d'un mois de décembre impossible s'efface déjà.

Rebecca se dirige vers sa chambre et s'assure que son téléphone est toujours sur son chevet. Elle l'allume pour effacer les messages aussi empathiques que douloureux envoyés par les proches, et moins proches, en ces jours de souvenir. Mais il n'y a rien. Elle s'étonne. Elle aurait pourtant juré l'avoir entendu vibrer un nombre incalculable de fois. Le fond d'écran a changé. Matthew la serre contre lui

devant un lac, des patins à la main et le rire éclatant. La jeune femme note que le blouson qu'elle porte est récent et qu'il ne l'a donc jamais connue avec.

Puis la musique qui résonne au rez-de-chaussée la fait sursauter. Une chorale de rue s'est arrêtée chez elle et quelqu'un a ouvert la porte. Sa meilleure amie, Isabelle à n'en pas douter. Elle est venue passer quelques jours avec Rebecca en cette période délicate et la jeune femme apprécie ces moments d'amitié précieux.

« *Auld Lang Syne* » résonne dans la maison. La gorge de Rebecca se noue et les images, qu'elle n'est pas capable de distinguer comme réelles ou non, de la petite église enneigée la bousculent.

Rebecca rejoint la cuisine. Pas la moindre trace d'Hannah, de sa mère en robe à jupons et de Léopold, ce qui la rassure définitivement. Mais il n'y a pas non plus trace d'Isabelle.

Rebecca manque de vaciller puis se retient au chambranle de la porte.

Matthew écoute les chanteurs sur le perron. Il se retourne vers Rebecca pour l'inviter à le rejoindre. Dans son bas de pyjama à carreaux rouges, choisi avec soin pour les festivités, le jeune homme répète le prénom de sa compagne qui ne daigne pas répondre.

— On croirait que tu as vu un revenant ! J'ai bien failli venir te tirer du bain, nous allons être en retard. Viens écouter cette chanson ! C'est la nôtre !

Rebecca est incapable de répliquer, mais se jette à son cou sous peine de perdre définitivement l'équilibre. Ses jambes chancellent sous leur étreinte. Matthew embrasse ses cheveux, perplexe et amusé. Il la sait spontanée et expansive, mais son humeur du matin le surprend. Rebecca serre Matthew et l'obscurité des mois passés s'évanouit. Elle est certaine qu'aujourd'hui, il est près d'elle, que ce n'est pas un rêve même si c'est purement impossible. Où sont-ils désormais ?

Rebecca et Matthew, l'un contre l'autre, se laissent bercer par les voix mélodieuses qui coulent dans leurs veines. La neige tombe délicatement sur les vieux costumes, présageant une belle journée de festivités. La jeune femme ne retient pas ses larmes tandis

qu'elle sait qu'il lui est revenu, et qu'elle n'a pas replongé dans un rêve farfelu.

Elle remarque les valises au pied du canapé et leur passeport sur la table de l'entrée. Matthew l'enjoint d'ailleurs à monter se préparer. Ils partent dans quelques heures. Québec est à portée de main et leur nouvelle maison les attend.

« *Ils partent* », se dit-elle. Ils partent !

Matthew a déjà chargé les bagages dans le coffre du taxi qui les attend et Rebecca referme la porte sur eux. Elle regarde défiler le paysage de ce quartier qu'elle connaît par cœur. Les établissements qu'ils ont fréquentés, les rues qu'ils ont arpentées, les cinémas dont ils ont abusé. Une partie de leur vie reste ici aujourd'hui, mais la plus belle s'écrira demain. Elle en est persuadée et la peur n'existe plus.

Rebecca est surprise de voir la portière s'ouvrir tant elle est perdue dans des pensées extravagantes. Le chauffeur l'aide à se hisser hors du véhicule. C'est Léopold. La jeune femme s'immobilise tandis qu'il lui adresse un petit signe de tête courtois et sa main la serre plus que de coutume. Matthew presse Rebecca. Leur vol est pour bientôt.

« Tout est possible la veille de Noël », se rappelle-t-elle. La neige se remet à tomber et que Léopold démarre la voiture, un sourire dévorant.

Rebecca attrape la main chaude que Matthew lui temps, et accompagne ses pas. Elle marchera désormais ses côtés.

Et ce, pour le reste de leur vie.

MUSIQUES DE NOËL

Joy to the World - *Don Moen*

Millenium Prayer – *Cliff Richard*

It's the most wonderful time of the Year – *Andy Williams*

All alone on Christmas – *Darlene Love*

The First Noël - *Phil Whickham*

Last Christmas – *Wham !*

Sleigh Ride – *Andy Williams*

Good Kinf Wenceslas - *Mistletoe Singers*

Auld Land Syne – *Mistletoe Singers*